Gabriele Böing

Skrupellose Liebe

Impressum

Bibliografische Information der Deutschen
Nationalbibliothek:
Die Deutsche Nationalbibliothek verzeichnet diese
Publikation in der Deutschen Nationalbibliografie;
detaillierte bibliografische Daten sind im Internet über
http://dnb.dnb.de abrufbar.

2. Auflage

© 2020 Gabriele Böing

Herstellung und Verlag: BoD – Books on Demand,
Norderstedt

ISBN: 978-3-7504-8207-4

Tanja drückte ihre fünfjährige Tochter Marie innigst an sich. Nie wieder würde sie es riskieren, Marie abgeben zu müssen. Nie wieder würde Tanja ihrer geliebten Tochter das antun und sie vernachlässigen. Marie hatte genug Trauriges in ihrem jungen Alter erlebt. Ihre Tochter hatte inzwischen diese schwierigen Zeiten verdrängt und tat so, als hätten sie niemals stattgefunden. Als wäre all das nur ein kurzer, nächtlicher Albtraum gewesen. Aber Tanja hatte sich geschworen, ihrer Tochter zukünftig nur noch ein unbelastetes Leben zu bieten und Marie alle Wünsche zu erfüllen.

Marie wandte sich geschickt aus der Umarmung ihrer Mutter heraus. „Mama, meine Freundin wartet schon mit ihren neuen Zaubermalstiften auf mich. Die hat sie gestern zum Geburtstag bekommen. Heute wollen wir ganz viele wunderschöne Bilder damit malen. Mama, wir müssen jetzt ganz schnell los." Marie hopste erwartungsvoll vor Tanja herum und ihre Augen strahlten vor Vorfreude.

„Es ist schön, dass deine Freundin die Stifte zum Kinderhort mitbringen darf. Ich bin schon ganz neugierig auf dein Bild, das du damit malst." Tanja freute sich jeden Tag erneut, dass die katastrophale Vergangenheit Maries Lebensfreude nicht dauerhaft gedämpft hatte.

„Mama, schenkst du mir auch ganz viele Zauberstifte, wenn ich wieder Geburtstag habe?"

Tanjas Herz verkrampfte sich plötzlich schmerzhaft bei dieser Frage ihrer Tochter. Bedauernd sah sie ihre Tochter mit den braunen unschuldig-bittenden Augen an: „Ich versuch's, Marie! Wenn ich Glück habe, bekomme ich bald wieder einen Job und dann schenke ich dir so viele Zauberstifte, wie du willst!"

„Au ja!" Marie schien die zurückhaltende Vorsicht in der Antwort ihrer Mutter überhört zu haben. „Ich bin so froh, dass du wieder ganz gesund bist, Mama!" Maries Augen strahlten Tanja voll ehrlicher Liebe und unerschütterlichem Vertrauen an.

Tanja hingegen musste mit den Tränen kämpfen. Schuldgefühle und Scham übermannten sie. Nach der Trennung von ihrem höchst manipulativem Freund Lars vor gut einem Jahr hatte Tanja trotz ihrer gemeinsamen Tochter Marie völlig den Halt unter den Füßen verloren. Lars hatte durch seine jahrelangen Drogen- und Alkoholexzesse einen krankhaften Verfolgungswahn ausgebildet. Tanja verstand noch immer nicht, warum sie schleichend und Stück für Stück seinen Glauben an die Bösartigkeit und Böswilligkeit aller Menschen übernommen hatte.

Die verheerenden Folgen für Tanja waren ebenfalls Verfolgungsängste, ein völlig zerrüttetes Selbstbewusstsein, den Verlust der Stelle als Tierpflegerin im örtlichen Zoo und der darauf folgende Absturz in die Alkoholsucht.

„Mama, bist du fertig? Können wir jetzt endlich losgehen?", unterbrach Marie Tanjas schwere Gedanken.

„Ja, los geht's!" Tanja streichelte Marie noch sanft über den Kopf, nachdem sie die Wohnungstür sorgfältig von außen verschlossen hatte. Sie wohnten seit wenigen Monaten in einer kleinen Wohnung im ärmlichen Hochhausviertel von Bochum. Für Tanja war dieses gemeinsame Reich, das nur ihr und ihrer Tochter gehörte ein himmlischer Palast. Es war eine neue Chance für sie und Marie nach all den schrecklichen Monaten des letzten Jahres, wieder ein normales gemeinsames Leben zu führen. Der Kinderhort war noch das Beständigste gewesen, was ihrer Tochter in dieser Zeit geblieben war. Tanja hatte ihrer Ängste mit Alkohol zu bekämpfen versucht, bis das Jugendamt ihr Marie weggenommen und in eine gute Pflegefamilie gebracht hatte.

Auf dem Weg zum Bus plapperte Marie munter drauflos. „Du brauchst mich heute also nicht ganz so früh abzuholen wie sonst. Ich will ganz lange malen!"

„Gut, Mäuschen." Obwohl es Marie in der Pflegefamilie nicht schlecht gegangen war, wollte sie nicht mehr darüber reden. Mit einer mehrmonatigen Entzugstherapie und einer eigenen Wohnung hatte Tanja ihre Tochter unter der Bedingung wiederbekommen, auch weiterhin abstinent zu bleiben und ein geordnetes Leben zu führen. Tanja war unendlich dankbar für die neue Chance und würde es diesmal schaffen und das auch ohne Mann.

„Du kommst doch auch morgen zum Elternabend?", fragte Marie lautstark ihre Mutter im Bus.

„Natürlich werde ich auch da sein!"

„Wird Papa auch kommen?" Ein trauriges Bedauern schwang in Maries Stimme mit.

Tanja atmete tief ein. „Nein, Marie. Papa ist noch immer im Krankenhaus. Wenn er ganz gesund geworden ist, wird er vielleicht am nächsten Elternabend teilnehmen." Tanja tat diese Lüge weh. Sie bezweifelte stark, dass Lars jemals so genesen würde, dass er am normalen Leben ohne seine übergroßen Ängste oder Alkoholrausch teilnehmen können würde. Zudem glaubte sie auch nicht, dass Lars plötzlich sein Interesse an seiner Tochter und ihrem Leben entdecken würde.

„Aber Papa hat mich doch auch lieb?", bohrte Marie weiter.

„Bestimmt", antwortete Tanja gegen ihre eigene Überzeugung. Sie konnte sich einen vertrauenden, liebevollen Lars mit klarem Verstand einfach nicht vorstellen.

Aber Marie schien beruhigt zu sein und quatschte unbedarft ihre frisch gewonnenen Erkenntnisse aus dem Kinderhort heraus: „Jungs sind sowieso alle doof. Das sagt auch meine beste Freundin."

Tanja musste lächeln. Auch sie war inzwischen zu der Überzeugung gelangt, dass es ohne einen Mann durchaus ein besseres und einfacheres Leben für sie und ihre Tochter werden könnte.

„Wir sind gleich da, Marie. An der nächsten Bushaltestelle müssen wir aussteigen.

Nachdem Tanja ihre Tochter im Ganztagskinderhort abgegeben hatte, schrieb sie wie jeden Tag Bewerbungen an die Zoos. Als erfahrene Tierpflegerin für Zootiere gab es nur wenige mögliche Arbeitsplätze in ihrer Gegend. Wenn sie ihrer Tochter finanziell ein normales Leben bieten wollte, blieb ihr wohl kaum eine große Wahl, als sich auch bei entfernteren Zoos zu bewerben. Dann müssten Tanja und ihre Tochter auch einen Umzug in Kauf nehmen. Sie würde für das Wohlergehen ihrer Tochter alles in Kauf nehmen. Jedoch das zweite Problem war der Kinderhort. Hortplätze waren überall in Deutschland knapp und womöglich kaum mit dem geringen Tierpflegergehalt finanzierbar. Ohne eine Ganztagsunterbringung von Marie würde Tanja jedoch nicht arbeiten können. Und selbst bei einer Ganztagsbetreuung war es als Tierpfleger schon schwierig eine Stelle zu erhalten, die geregelte Arbeitszeiten in Abhängigkeit von der Kinderbetreuung bot. Die Zootiere brauchten auch am Wochenende und am Abend Futter, unabhängig davon, ob die eigentliche Arbeitszeit der Tierpfleger dann schon zu Ende war.

Plötzlich drehte sich alles um Tanja und ein starker Drang nach dem betäubenden und beruhigenden Alkohol machte sich in ihr breit. Auf dem Weg zu einem finanziell normalen und ruhigen Leben schien sie unüberwindbare Hindernisse lösen zu müssen, aber sie wollte kämpfen. Wenn sie an ihren aufkeimenden Wunsch nach Alkohol dachte, schüttelte Tanja abwehrend den Kopf. Niemals würde sie nochmals mit einer Droge ihr Leben und das ihrer Tochter zerstören. Tanja nahm sich vor, ihre Gefühle und Schwierigkeiten am Abend bei dem Treffen der Anonymen Alkoholiker zum Thema zu machen.

KAPITEL 2

Nachdem Tanja an diesem Abend ihre Tochter bei einer älteren, sehr hilfsbereiten Nachbarin in guter Obhut wusste, fuhr sie, wie jeden Donnerstag, zum Treffen der Anonymen Alkoholiker in die Nachbarstadt.

Durch die Verspätung des Busses erreichte sie den Gruppenraum erst, als das Treffen schon begonnen hatte. Leise drückte sie daher die Klinke herunter und schlich sich in das Zimmer, in dem der Gruppenleiter Sebastian bereits die zwölf Traditionen der Anonymen Alkoholiker vorlas. Bei Tanjas Eintreten stockte er und sechs Augenpaare schauten Tanja teils neugierig, teils wohlwollend an.

Tanja räusperte sich. „Entschuldigung. Der Bus aus Bochum hatte Verspätung und..." Tanja stockte. Ihr Blick konnte sich nicht von einem offenbar neuen Teilnehmer lösen. Dieser Mann strahlte sie mit einem neckischen Gesichtsausdruck an. Seine hellblauen Augen waren das Auffälligste, aber nicht das einzig Faszinierende an ihm. Das markante Gesicht, die halblangen dunkelbraunen Haare sowie sein offensichtlich durchtrainierter Körper strotzten nur so vor gesunder Männlichkeit.

„Hey, Tanja...", holte sie der Gruppenleiter Sebastian wieder in die Gegenwart zurück. „Gut, dass du auch noch kommst. Wir sind heute nur wenig Teilnehmer, aber dafür haben wir Zuwachs bekommen: den Thomas."

Damit wies Sebastian genau auf dieses Testosteronpaket Thomas, das neben sich auf einen leeren Stuhl zeigte. „Setzt dich doch zu mir, Tanja. Später erzähle ich euch auch etwas über mein Leben mit meinem engsten Freund. Mit ihm habe ich alles geteilt und er war immer da, wenn ich ihn brauchte." Damit zwinkerte er Tanja zu. Sie zuckte leicht zusammen und stolperte dabei über ein Stuhlbein auf ihrem Weg zu dem Platz neben Thomas. Er lachte auf und seine dunkle, starke Stimme jagte Tanja eine Gänsehaut über den Rücken. Zu dumm, dass seine Ausführungen zu seinem besten Freund gerade wie eine Liebeserklärung geklungen hatten. Anscheinend stand Thomas den Männern näher als den Frauen.

Inzwischen hatte auch Tanja am großen, rechteckigen Sitzungstisch neben Thomas Platz genommen und Sebastian las die zwölf

Traditionen der Anonymen Alkoholiker bis zum Ende vor. Im Anschluss daran wurden ebenfalls die zwölf Schritte und ein passender Text von den Teilnehmern vorgetragen. Diesen für Tanja sonst so wichtigen, nahezu meditativen Teil der inneren Besinnung konnte sie dieses Mal nicht genießen. Immer wieder schaute sie aus dem Augenwinkel zu Thomas neben ihr herüber, der sehr konzentriert zuzuhören schien.

Aber auch Thomas war nicht bei der Sache. Er war fasziniert von Tanja, seit sie den Raum betreten hatte. Ihre vom Wind zerzausten, blonden langen Haare, ihre großen schokobraunen Augen und ihre schmale, zarte Figur hatten in ihm sofort Gefühle geweckt, die er für immer hatte verdrängen wollen. Am liebsten hätte Thomas sie einfach in den Arm genommen und ab sofort von allem Bösen beschützt. Vorsichtig wagte auch er während des Vorlesens einen Seitenblick zu Tanja neben ihm, die unbeeindruckt zu meditieren schien. Er stöhnte enttäuscht auf. Also war der interessierte Blick von ihr, als sie zur Tür hereingekommen war, nur Neugier und Überraschung gewesen. Enttäuscht mied er daraufhin, zu ihr herüberzusehen.

Nach einer Viertelstunde war das Vorlesen beendet und jeder durfte von seiner Woche, seinen Problemen und seinen Erfahrungen berichten, sofern er wollte. Sofort meldete sich Thomas zu Wort: „Erst einmal möchte ich mich bedanken, von euch so nett aufgenommen worden zu sein. Ich bin Thomas und trockener Alkoholiker." Er schluckte. Es fiel im schwer, über sich zu reden, denn inzwischen hatte er erkannt, dass er viele Fehler gemacht hatte. Thomas schämte sich deswegen, denn er hatte sich bis zu seiner Alkoholabhängigkeit doch eher für einen verstandesgeleiteten Mann gehalten, der sein Ziel ohne Umwege angesteuert hatte.

Angespannt starrte Tanja auf die liebevoll, meditativ anregende Tischdekoration. Eine dicke cremefarbene Kerze brannte mitten auf dem rechteckigen Sitzungstisch. Darunter befand sich eine einfache weinrote Serviette zum Schutz vor Wachstropfen. Eine Kanne mit Kaffee und eine mit Tee sowie einfache Plastikbecher, eine geöffnete Dosenmilch, eine aufgeklappte Würfelzuckerpackung und Zahnstocher zum Umrühren waren über den Tisch verteilt. Tanja musste lächeln. Die

Zahnstocher als Löffelersatz waren ganz klar auf Sebastians Sparsamkeit zurückzuführen. Tanja hörte ihn in Gedanken leidenschaftlich argumentieren: „In diesem Döschen sind 500 Zahnstocher. Für denselben Preis würde ich gerade mal 50 Plastiklöffel bekommen." Recht hatte er, zumal diese Dinge von den Spenden der Teilnehmer bezahlt werden mussten.

Am Ende des Treffens ging immer ein Spendenkörbchen herum. Aber um alle Kosten zu tragen, musste der Gruppenleiter Sebastian oft Geld aus der eigenen Tasche dazulegen. Dennoch grinste Tanja, als sie sah, wie Sebastian mit dem zu kurzen Holzzahnstocher versuchte, den Zucker am Boden des Kaffeebechers zu verrühren.

Ihr Grinsen brachte Tanja jedoch ein tadelndes Räuspern von Sebastian ein. Ja, stimmte, Thomas wollte gerade mit seiner Lebensgeschichte beginnen. Tanja, die sonst stets mit Begeisterung und vorbehaltsloser Anteilnahme den Leidenserlebnissen der anderen Mitglieder lauschte, war dieses Mal jedoch kaum daran interessiert. Irgendwo um ihren Magen herum schmerzte schon die Erwartung, Thomas über seine vermutlich leidvollen Erfahrungen mit seinem „engsten Freund" aufgeklärt zu werden. Mit großem Erstaunen spürte sie, dass es ihr wehtun würde, zu hören, dass Thomas für sie unerreichbar wäre.

„Also", begann Thomas nach seiner bedeutungsvollen Pause. „Ich bin nicht nur Alkoholiker, sondern zu lange hirnlos umhergelaufen mit dem einzigen Ziel, etwas wert sein zu wollen."
Tanja sah in den Gesichtern der zuhörenden Mitglieder genau das, was sie selber fühlte: Ungläubigkeit, dass dieser vor Kraft und Selbstsicherheit strotzende Mann den Eindruck hatte, nichts wert zu sein.

Thomas grinste: „Ja, ich, der trainierte, nicht ganz so übel aussehende Mann, hatte erhebliche Selbstwertprobleme. Ich bin in einer Handwerkerfamilie aufgewachsen. Meine Eltern waren fleißig und strebsam, sodass ich auf das Gymnasium gehen und sogar studieren konnte. Auch, wenn ich neben meinem Lehrerstudium durchgehend gejobbt habe, unterstützten mich meine Eltern nicht nur finanziell. Dennoch fühlte ich mich immer fremd in der Welt meiner Freunde, der

Akademiker. Eigene Häuser oder zumindest großzügig eingerichtete Wohnungen, neueste Handys und Spielekonsolen, luxuriöse Urlaube in Thailand oder der Karibik: Mit alldem konnte ich nicht mithalten. Mein Studium war mein Ziel, für das ich und meine Eltern alles gaben, was erübrigt werden konnte. Ich wollte geradlinig das Ziel und die weiteren Lebenspläne durchlaufen. Es war keineswegs geplant, dass ich nach dem Erreichen meiner ersten Etappe dann nur noch knapp am nächsten Ziel vorbeitorkel. Beinahe wäre es aber so gekommen." Thomas holte tief Luft und blickte in mitleidige und betroffene Gesichter.

Er lachte sarkastisch auf: „Ja, Mitgefühl habe ich von meinen Freunden auch stets bekommen und Angebote, wie: „Sollen wir dir was leihen?". Es war gut gemeint, aber dennoch litt mein Selbstwertgefühl darunter. Dann später war ich der verbeamtete Lehrer in Mathe und Physik. Alles lief glatt bis dorthin. Ich wurde beneidet um meine scheinbare kurze Arbeitszeit, mein sicheres Gehalt und mein Ansehen. Na ja, meine freien Nachmittage gingen oft für Gespräche mit Schülern, die private Probleme hatten, drauf.

Ich war jahrelang Vertrauenslehrer. Vermutlich hatte ich mich dann zu sehr in mein Helfersyndrom eingelebt." Nicht nur Tanja hing an Thomas' Lippen. Seine Stimme war dunkel, aber klar und stark. Thomas erzählte seine Geschichte ohne einen Hauch von Beschwerde, Anklage, Trauer oder Schmerz. Er machte sich eher über sich selbst lustig. Zudem wollte Thomas aufzeigen, warum er wie reagiert hatte und warum was passiert war.

„Nun ja, vertieft in diese Therapeutenrolle lernte ich meine damalige, bereits drogenabhängige Freundin kennen. Ihre Eltern waren reich und sie hielt es irrtümlicherweise für ihre Berufung, das Geld ihrer Eltern ausgeben zu müssen. So vergeudete sie das Familienvermögen für Drogen, Partys und ihr Leben ohne Arbeit. Vermutlich ist sie von klein auf in dieses Leben hereingewachsen und konnte sich nichts anderes für ihre Zukunft vorstellen. Ich sollte ein schön aussehendes Accessoire an ihrer Seite sein, um das sie ihre Freundinnen beneiden würden. Ich war froh über die Wertschätzung dieser reichen Schicht und wenn es nur als hübsche Dekoration war. Ich war aber auch dumm genug, diese Rolle tatsächlich anzunehmen. Ich redete mir ein, meine Freundin eines Besseren belehren und von den Drogen weg auf einen vernünftigen Weg bringen zu können." Thomas holte erneut tief Luft.

„Meine anmaßenden Ziele änderten sich aber dann geringfügig. Sie brachte mich zielstrebig und äußerst erfolgreich auf ihren eigenen Weg. Ständige Partys sowie regelmäßiger Alkoholkonsum machten mich süchtig und gefährdeten letztlich sogar meine Stelle als Lehrer. Zum Glück setzte dann doch irgendwann mein bis dahin vernebelter Verstand wieder ein - ich begann eine stationäre Entwöhnungstherapie, die vor zehn Tagen erfolgreich endete. Nun laufe ich wieder in meiner eigenen Spur und damit das auch so bleibt, bin ich hier bei euch - bei den Anonymen Alkoholikern." Pause. Tanja strahlte völlig unangemessen. Er stand doch nicht auf Männer.

„Und dein „engster Freund" war dann wohl der Alkohol?", platzte die Frage aus Tanja heraus.

Thomas grinste sie an und schien nur so vor Selbstbewusstsein zu strotzen. „Klar, was dachtest du denn?"

Sebastian schaute Tanja und Thomas an und räusperte sich. „Wir danken dir, Thomas, für deine Offenheit. Wir alle kennen diesen „engsten Freund" nur zu gut, sonst säßen wir nicht hier. Wer möchte noch etwas erzählen?"

KAPITEL 3

Thomas lehnte sich zurück. Seine Beichte hatte er erfolgreich hinter sich gebracht, auch wenn es ihm immer noch schwer fiel, darüber zu reden. Während eine Mitteilnehmerin anfing von ihrer letzten Woche zu erzählen, gingen Thomas wirre Gedanken durch den Kopf. Die Frage von Tanja hatte so geklungen, als sei sie erleichtert darüber, dass hinter dem „engsten Freund" kein „intimer Freund" stand. Sie zog ihn in jeder Hinsicht extrem an. Sie wirkte manchmal ein wenig hilflos, und ihre Augen zeigten eine versteckte Trauer, aber ihr selbstbewusster Gang verriet, dass sie ihre Richtung im Leben gefunden hatte. Wie gerne würde er ihre vollen, zartrosa Lippen küssen und ihr helfen, die Trauer für immer loszulassen. Thomas schüttelte sich leicht. War das wieder sein Helfersyndrom, das sie für ihn so attraktiv machte oder war die Sympathie diesmal echt und sie seiner Liebe wert? Thomas schaute Tanja offen an und zwinkerte ihr zu. Sie schaute verlegen weg. Ihre hellen Wangen färbten sich leicht Rosa. Zumindest schien er ihr offensichtlich auch zu gefallen.

Tanja hatte sich in dieser Gruppenstunde nicht zu Wort gemeldet. Sie war zu aufgeregt, nachdem Thomas ihr auch noch zugezwinkert hatte. Sie würde ihm gerne durch sein halblanges Haar streichen, seine starke Männerbrust berühren und dabei tief in seine Augen blicken. Aber das war unmöglich. Ein Mann wie er würde sich niemals für eine arbeitslose, allein erziehende, trockene Alkoholikerin interessieren. Solch ein Mann suchte eine Frau ohne solch eine Vergangenheit für eine gemeinsame Zukunft. Er könnte auch eine höchst attraktive Frau für romantische Abenteuer suchen. Beides konnte und wollte Tanja ihm nicht bieten.

Als das Treffen eine Stunde später beendet war, half Tanja wie immer den Tisch abzuräumen. Thomas unterhielt sich mit einer anderen Teilnehmerin. War ja klar, dass er die forschere, dunkelhaarige Patricia vorzog. Sie redete gerne und war sehr humorvoll.

Enttäuscht und verletzt verabschiedete sich Tanja mit einem „Bis nächste Woche. Kommt gut nach Hause!" in die noch verbliebene Runde.

„Hey, Tanja, warte noch eine Minute!" Was wollte denn Thomas noch von ihr? Tanja musste sich eigentlich beeilen, um noch den Bus zu erreichen. Der Nächste kam erst in einer dreiviertel Stunde.

„Tanja, ich würde gerne noch einen Kaffee mit dir trinken gehen", kam Thomas unumwunden auf den Punkt.

Tanja wankte einen Moment, dachte dann aber an ihre Tochter Marie, die schon bei der Nachbarin auf sie wartete. „Tut mir leid, Thomas. Ich muss meinen Bus erreichen. Meine Tochter wartet auf mich."

„Wo wohnst du denn?"

Tanja grinste: „Du bist ja ein Draufgänger, Thomas. Ich komme aus Bochum."

„Ich fühle mich nicht als Draufgänger, sondern nur als Stratege. Ich schlage vor, wir trinken kurz einen Kaffee. Um die Ecke habe ich ein kleines Lokal entdeckt. Dann fahre ich dich nach Hause. Ich habe ein Auto und wohne auch in Bochum. Vielleicht kann ich dich demnächst auch mal mitnehmen zu diesem Treffen. Dann können wir gegenseitig dafür sorgen, dass wir hier auch brav wöchentlich erscheinen."

Tanja blickte in Thomas' erwartungsvoll-strahlende Augen und konnte nicht anders als nicken. „Aber ich habe aber nur eine halbe Stunde Zeit."

„Einverstanden."

Tanja bestellte einen Cappuccino und Thomas einen schwarzen Kaffee.

„Du hast eine Tochter?", begann Thomas das Gespräch. Er musste unbedingt mehr von Tanja erfahren.

„Ja, sie ist mein Lebensinhalt."

„Und dein Mann?", Thomas redete nicht gerne drum herum, sondern brachte das Thema gerne sofort auf den Punkt.

„Ich bin allein erziehend."

„Das ist gut!", entfuhr es Thomas ehrlich.

Tanja lachte amüsiert: „Was ist daran gut? Ich denke, meine Tochter Marie würde das nicht so sehen."

„Ist dein Mann gestorben?"

„Ist das ein Verhör oder ein nettes Kaffeetrinken?"

„Beides!" Thomas zwinkerte Tanja wieder amüsiert zu.

„Nein, der Vater ist noch in der Entzugsklinik."

„Du vermisst ihn vermutlich?" Thomas' Augen glitzerten jetzt lauernd.

„Nein. Ich bin froh, mit Marie allein zu sein." Tanjas Gesichtsausdruck bekam traurige Züge.

Sie stocherte in ihrem Kaffee herum und schien in ihren Erinnerungen an schlechte Tage versunken. Thomas konnte sich nur mit Mühe zurückhalten, sie zu umarmen. Stattdessen legte er seine Hand auf ihre.

Tanja schaute hoch, lächelte und zog ihre Hand weg.

Schweigend tranken sie ihren Kaffee aus und Thomas zahlte die Rechnung.

„Lieben Dank, Thomas. Demnächst lade ich dich ein."

„Gerne darfst du mich jederzeit einladen, aber zahlen werde ich. Oder bist du eine steinreiche Ärztin, die nicht weiß, wohin mit ihrem Geld?"

„Nein, wenn's bloß so wäre. Ich bin eine arbeitslose Tierpflegerin, die nicht weiß, wie sie ihrer Tochter Zauberstifte kaufen kann."

„Doch nicht die aus der Werbung? Die „Feen-Zauberstifte" oder so."

Tanja lachte zum ersten Mal aus vollem Hals. „Genau die, aber die heißen Elfen-Zauberstifte. Hast du etwa auch Kinder?"

„Nein, leider nicht. Aber ich liebe Kinder und vielleicht finde ich eine Frau, die mit mir eine Familie gründen will."

Tanja stockte. Also suchte er eine Frau, eine bestimmte Frau, mit der er Kinder haben wollte und nicht eine, die schon ein Kind aus einer verkorksten Beziehung mitbrachte. „Ich muss jetzt aber wirklich gehen", meinte Tanja ernst.

„Gut, dann fahre ich dich jetzt nach Hause." Thomas und Tanja gingen schweigend aus dem Lokal und die Geschäftsstraße zum Parkhaus herunter. Es war schon dunkel, aber der Verkehr hatte sich noch nicht gelegt. Gedankenverloren lief Tanja immer schneller, in der Hoffnung, die Enttäuschung über Thomas' Desinteresse an ihr so abschütteln zu können.

Plötzlich spürte sie einen Arm um ihre Schulter. „Tanja, du musst keine Angst mit mir haben oder ist dir kalt, weswegen du so schnell läufst?"

„Ich dachte an meine Tochter und daran, dass sie wartet."

„Mit dem Bus wärst du auch nicht viel schneller zu Hause gewesen", warf Thomas zu Recht ein.

Sie hatten das Parkhaus erreicht. Tanja fürchtete sich in dunklen Parkhäusern immer ein wenig. Sie fröstelte und schaute sich ängstlich um.

„Du hast ja doch Angst", neckte sie Thomas. „Etwa vor mir oder den bösen Männern hier?"

„Ist das nicht dasselbe?", konterte Tanja ein wenig verärgert. Jetzt war es eh egal. Er war offensichtlich nur an Frauen mit potenzieller Familiengründung interessiert.

„Tanja, bin ich so Furcht einflößend?" Thomas' Tonfall war plötzlich ernst. Tanja stockte. Thomas fasste Tanja an den Schultern und drehte sie zu sich um. Er nahm ihr Kinn und schob es so nach oben, sodass sie ihm in die Augen schauen musste. Ihr Herz schlug aufgeregt, als sie bemerkte, wie sein Mund sich ihrem immer mehr näherte. Meinte er es ernst oder spielte er mit ihr? Wollte er sie als Zwischenlösung, bis die richtige Frau für seine Familienplanung in sein Leben treten würde? Nein, sie wollte nicht mehr verletzt werden. Sie wollte nur noch für Marie da sein und da passte kein so attraktiver Mann herein, der noch dazu offensichtlich eine ungebundene Frau suchte.

Tanja drehte sich weg. „Ich muss meine Tochter dringend von der Nachbarin abholen. Bringst du mich jetzt nach Hause oder soll ich doch den Bus nehmen?"

„Natürlich fahre ich dich sofort. Da drüben steht schon mein Auto: ein roter Porsche." Thomas' Stimme klang jetzt schwach.

Tanja war sich jetzt sicher, dass er mit ihr nur eine Affäre hatte führen wollen. Thomas war wohl enttäuscht, dass sie ihm nicht gleich alles gegeben hatte, was er wollte.

„Ein Porsche? Der passt aber nicht so richtig zu deinem Wunsch nach Frau und Kindern?"

„Für die Richtige würde ich auch über einen stink normalen Familienwagen nachdenken", konterte Thomas und sah Tanja tief in die Augen. Sie musste doch gemerkt haben, was er für sie empfand. Aber Tanjas Leben schien sich nur noch um ihre Tochter zu drehen. Sie wollte keine Beziehung und keinen Freund. Er hätte nie gedacht, sich so schnell wieder in eine Frau verlieben zu können, aber es war geschehen. Umso schmerzhafter war es für ihn, dass sie ihm gegenüber keinerlei Gefühle zu haben schien.

Schweigsam fuhr er sie nach Hause. Mit einem kühlen „Danke, dann bis nächsten Donnerstag", schlug sie von außen die Beifahrertür des Porsches zu und verschwand in dem beleuchteten Eingang des Hochhauses. Thomas sah ihr nach und hoffte, sie am nächsten Donnerstag wieder in der Gruppe zu treffen. Andererseits schmerzte jedoch auch der Gedanke, dass sie kein Interesse an ihm zu haben schien. Thomas seufzte. Schon fingen wieder seine Probleme an. Diesmal würde er seinen ehemals „besten Freund" jedoch nicht mehr um Hilfe bitten.

Tanja stand im Treppenhaus und lehnte sich gegen die kühle, weiße Flurwand. Was war das für ein anziehender Mann. Ihr ganzer Körper bebte noch immer. Sie wollte in seinen Armen liegen, sie wollte ihn berühren, aber sie war sich zu gut für eine Affäre. Zudem konnte sie das ihrer Tochter nicht antun. Wenn sie nochmal einen Freund hätte, sollte es auch ein Vater für Marie sein können und keiner, der nur auf eigene Kinder aus war. Tanja sah auf ihre Armbanduhr, stellte sich gerade hin, atmete tief durch und läutete bei der Nachbarin, um Marie dort mit einem Lächeln abzuholen.

KAPITEL 4

Als Tanja am nächsten Morgen wachwurde, galt ihr erster Gedanke Thomas. Sie ärgerte sich über sich selbst, denn sie hatte ihr Leben mit Marie ohne einen Mann im Hause im Grunde sehr genossen. Nun bemerkte sie plötzlich, wie sehr sie sich nach einer breiten Schulter, der zarten männlichen Berührung und einem Menschen sehnte, dem sie ein Teil ihrer im Übermaß vorhandenen Liebe schenken konnte. Nein, sie wollte nicht irgendeinen Mann, sie wollte Thomas mit seinen warm leuchtenden blauen Augen und seiner ehrlich-direkten Art. Aber Tanja musste aufhören, an ihn zu denken, denn er suchte eine ungebundene, junge Frau, mit der er eine Familie gründen könnte.

Nachdem Tanja ihre Tochter zum Kinderhort gebracht hatte, beschäftigte sie sich wieder mit ihren Bewerbungen. Trotz intensiver Internetrecherche konnte sie jedoch inzwischen keinen Zoo mehr in Deutschland finden, bei dem sie sich noch nicht als Tierpflegerin beworben hatte. Das Telefon schellte. Erfreut über die willkommene

Abwechslung stürmte sie zum Telefon und meldet sich: „Hier Tanja Sanders."

Ein Rauschen ertönte im Hörer, das darauf schließen ließ, dass der Anrufer mit einem Handy in einer verkehrsreichen Straße telefonierte. Tanja ging in Gedanken ihre Freunde und Bekannten durch, aber keiner von ihnen würde sie zu dieser Zeit über ein Handy anrufen. Entweder arbeiteten sie oder sie waren an ihrem Festnetzanschluss zu Hause.

„Hallo?", fragte Tanja vorsichtig in das Telefon, da sich niemand meldete.

„Ja, Frau Sanders, wie schön, dass ich sie erreiche. Mein Name ist Uwe Neubeck und ich leite einen kleineren Zoo in der Nähe von Berlin. Sie haben sich bei mir beworben und ich fand, Sie sollten eine Chance bekommen."

Tanja schluckte. Einerseits freute sie sich über das Interesse von Herrn Neubeck, andererseits plante sie in Gedanken schon die Fahrt und die Unterbringung ihrer Tochter während der Zeit des Vorstellungsgesprächs.

„Sie haben doch noch Interesse, Frau Sanders?"

„Ja, sicher. Ich freue mich sehr über Ihren Anruf. Wann kann ich mich bei Ihnen vorstellen?"

„Am besten gleich heute Abend!", schlug Uwe Neubeck mit fester Stimme vor.

„Das ist leider zu kurzfristig, um meine Tochter unterzubringen und die Fahrt zu buchen." Zudem besaß Tanja am Ende des Monats nicht mehr genug flüssigen Mittel, um die Fahrtkosten vorzustrecken.

„Ich bin heute beruflich in Bochum und würde sie gerne direkt hier im Hotelrestaurant in ungezwungener Atmosphäre kennen lernen. Mein Zoo ist nicht ganz so groß und ich lege Wert auf einen freundschaftlichen Umgang zwischen den Angestellten. Was ihre Tochter anbetrifft, würde ich vorschlagen, Sie bringen sie einfach mit. Das Gespräch wird nicht allzu lange dauern und hier im Hotel gibt es sogar eine Kinderspielecke. Ist es Ihnen um 19:00 Uhr an der Hotelrezeption Recht?"

Tanja schluckte. Er hatte sie und Ihre Tochter fest verplant und ließ ihr letztlich keine andere Wahl als zuzusagen: „Natürlich komme ich gerne. Vielen Dank für die Einladung!"

„Na dann, bis heute Abend, Frau Sanders." Herr Neubeck beendete das Gespräch und Tanja starrte mit gemischten Gefühlen den

Telefonhörer an. Sie hatte das Gefühl, dass sich Herr Neubeck bereits für sie als neue Mitarbeiterin entschieden hatte und das Vorstellungsgespräch letztlich nur der Form halber durchgeführt wurde. Wie sollte sie Marie erklären, dass sie dann vermutlich ganz weit wegziehen und Marie den Kinderhortplatz mit ihren Freundinnen verlieren würde?

Doch als Tanja ihre Tochter vom Kinderhort abholte und ihr erzählte, dass sie beide heute zum Vorstellungsgespräch bei einem Direktor eines weit entfernten Zoos eingeladen waren, strahlte Marie nur. „Mama, wenn du dorthin gehen willst, komme ich mit. Hauptsache, wir bleiben zusammen und dir geht es gut."

Tanja war erleichtert über Maries Antwort, aber andererseits war ihr auch klar, dass diese positive Reaktion aus einer großen Angst um ihre Mutter resultierte. Tanja hätte es niemals zulassen dürfen, dass es so weit gekommen war.

KAPITEL 5

Sehr nervös, aber auch unschlüssig, betrat Tanja am Abend um kurz vor 19:00 Uhr das noble Hotel, das ihr Herr Neubeck als Treffort angegeben hatte. Sie hielt ihre Tochter Marie an der Hand, die ganz aufgeregt darüber war, in ihrem Alter schon an einem Vorstellungsgespräch teilnehmen zu dürfen, wenn auch nur als braver Zuhörer.

Herr Neubeck unterhielt sich mit der Empfangsdame an der Rezeption, kam aber sofort auf Tanja zu, als er sie erblickt hatte.

Tanja musterte ihn. Er war bestimmt 15 Jahre älter als sie, aber er wirkte imposant und sehr männlich. Seine braunen akkurat geschnittenen Haare wurden schon mit grauen Strähnen durchzogen. Uwe Neubecks Größe schätzte Tanja auf mehr als 1,90 Meter. Sein nicht mehr ganz junger Körper machte einen gesunden und sportlichen Eindruck. Bei weitem nicht so durchtrainiert wie Thomas', huschte es Tanja durch den Kopf. Er trug einen dunkelblauen Anzug und strahlte sehr viel Dominanz aus, als er mit zielstrebig großen Schritten und der ausgestreckten Hand auf Tanja zukam. „So stelle ich mir ein typisches

Alphamännchen vor", grinste Tanja in sich herein und fühlte sich bei Herrn Neubeck jetzt schon gut behütet.

„Guten Abend, Frau Sanders! Haben Sie gut hierher gefunden?", begrüßte sie Herr Neubeck mit solch einer lauten Stimme, dass sich die Leute auf den Sesseln nach ihnen umdrehten.

„Danke, natürlich. Als Bochumerin sollte dies kein Problem sein."

„Ach, und das ist Ihre hübsche Tochter. Wie heißt du denn?" Etwas leiser und sanfter sprach Herr Neubeck ihre Tochter an.

„Marie und ich bin schon fünf!"

„So alt schon? Dann darfst du ja bald in die Schule gehen!"

Marie nickte nur. Sie hatte ihrer Mutter versprochen, ihren sonst üblichen Redeschwall diesmal ein wenig zu drosseln.

„Weißt du, Marie. Hier im Hotel gibt es ein richtiges Spielzimmer. Da kann man malen, basteln, Puzzles zusammensetzen und noch vieles mehr. Die Dame, die auf euch aufpasst, ist sehr nett und würde sich freuen, wenn du sie mal besuchen würdest." Marie nickte sehr stark und Tanja merkte, wie sehr sich ihre Tochter darüber freute.

„Dann gehen wir mal zuerst dahin", bestimmte Herr Neubeck und lachte Tanja an.

„Das ist dort drüben die zweite Tür rechts. Wir müssen anklopfen." Was Herr Neubeck auch sofort tat, als sie dort angekommen waren. Überrascht bemerkte Tanja ein Schild an der Wand neben der Tür „Kinderbetreuung: 20,00 EUR/Stunde nach Vereinbarung".

Erschrocken sprach Tanja Herrn Neubeck von hinten an: „Herr Neubeck, ich habe nicht so viel Geld mit, wenn mir noch essen gehen wollen."

Herr Neubeck lachte Tanja kurz an: „Die Kosten des Vorstellungstermins übernimmt der Arbeitgeber." Marie war bereits im Zimmer und saß schon an einem großen Maltisch, der mit verschiedensten Stiften, Wasserfarben und Figurenstempeln übersät war.

Tanja freute sich für Marie, fühlte sich aber so langsam von Herrn Neubeck überrumpelt.

„So, ihre Tochter ist gut untergebracht. Nun können wir in Ruhe reden und das Essen genießen. Das heutige Tagesgericht ist Sauerbraten mit Klößen. Wenn Sie das nicht mögen, gibt es auch noch eine große Auswahl anderer hervorragender Menüs."

Tanja wunderte sich über die unverkrampfte Art von Herrn Neubeck, das Vorstellungsgespräch zu führen. Schließlich war sie zum Einstellungsgespräch hier und hatte kein Date zum Essen mit ihm.

„Nachher haben Sie hohe Bewirtungsausgaben und die Bewerberin entspricht dann doch nicht Ihren Vorstellungen", versuchte Tanja zu scherzen.

Sie waren inzwischen an einem versteckten Zweiertisch angekommen, der bereits gedeckt war. Eine Flasche Wein stand auch bereit. Wollte er sie mit dem Alkohol gesprächiger bekommen, damit sie unbedachter über sich redete?

„Bitte setzten Sie sich. Hier können wir uns ungestört unterhalten." Tanja roch Herrn Neubecks teures Aftershave und wunderte sich sehr über die Mühe, die sich ihr eventuell zukünftiger Vorgesetzter für eine mögliche Angestellte gemacht hatte.

„Sie trinken doch bestimmt ein Glas Wein oder sind Sie mit dem Auto da?", bot Herr Neubeck ihr an.

„Nein, danke. Ich bin seit einiger Zeit arbeitslos und kann mir daher ein Auto nicht leisten. Dennoch möchte ich kein Glas Wein, denn ich bin trockene Alkoholikerin", gab Tanja nur widerwillig, aber aufrichtig zu.

„Ich habe in Ihrem Lebenslauf gelesen, dass Sie seit 13 Monaten arbeitslos sind. Haben Sie wegen des Alkohols Ihren Job verloren?", fragte Herr Neubeck jetzt ganz nach dem Stil der üblichen Vorstellungsgespräche.

Tanja zuckte zusammen. Hatte er im Lebenslauf nicht gelesen, dass sie in der Entzugsklinik war? Tanja wusste, dass sie diese privaten Angaben einem zukünftigen Arbeitgeber gegenüber nicht hätte offenlegen müssen. Dennoch spielte sie lieber mit offenen Karten, anstatt nach einem vor allem für Marie anstrengenden Umzug dann gekündigt zu werden, wenn dieser Makel dann doch auffällt.

„Ja. Als Tierpflegerin im Zoo sollte man klar denken und Verantwortung übernehmen können, sonst schadet man womöglich den Tieren. Da ich das nicht mehr konnte, bat ich um die Kündigung." Tanja schaute Herrn Neubeck offen an. Nun war es an ihm zu entscheiden, wie es weiterging.

„Natürlich habe ich das auch schon in Ihrer Bewerbung gelesen." Herr Neubeck schaute Tanja amüsiert in die Augen. „Ich habe auch

Ihr Zeugnis vom örtlichen Zoo gesehen. Zudem ist der Direktor im Bochumer Zoo ein guter Freund von mir und hat sich nur lobend über Sie geäußert. Er glaubte, Sie seien durch Ihren damaligen Freund in die Alkoholabhängigkeit geraten."

Tanja schluckte. Sie hatte nicht vorgehabt, ihrem womöglich neuen Chef ihre persönliche Lebensgeschichte zu beichten. Daher setzte sie sich aufrecht hin und sagte mit bestimmter Stimme: „Ja, er war nicht unbeteiligt. Aber letztlich trägt jeder selbst die Verantwortung für das, was er tut. Ich habe meinen Fehler eingesehen, ihn korrigiert und denke, ich habe dann nochmal eine Chance verdient."

Herr Neubeck lachte auf: „Sie sind eine niedliche, aber resolute Frau. Nennen Sie mich Uwe. In meinem Zoo lege ich viel Wert auf kollegiale Zusammenarbeit, gemeinsame Unternehmungen und wir duzen uns alle untereinander."

„Danke, Uwe. Ich bin die Tanja. Heißt dieses Angebot von dir, dass du mich einstellst?", fragte Tanja leicht verwirrt nach.

„Na klar. Ich weiß, dass du zuverlässig bist und loyal deiner Arbeitsstelle und deinem Chef gegenüber. Allerdings biete ich dir eine geteilte Stelle an. Die Hälfte der Zeit würdest du als Tierpflegerin arbeiten und den anderen Teil als meine Assistentin im Bereich der Öffentlichkeitsarbeit. Wie sieht's aus. Interessiert?"

Tanja schluckte: „In der Öffentlichkeitsarbeit habe ich noch keine Erfahrung, aber..."

„...es gibt nichts, was man nicht lernen kann. Ich bringe es dir Stück für Stück bei. Das wird schon funktionieren." Erwartungsvoll legte Uwe seine Hand auf Tanjas Arm.

„Ich muss noch eine zuverlässige Betreuung meiner Tochter suchen. Sehr schön wäre ein Hortplatz, aber..."

„Stimmt, das habe ich noch nicht erwähnt", schaltete sich Uwe ein. „Die Frau eines sehr guten Freundes von mir ist Leiterin eines flexiblen Kinderhortes in der Nähe des Zoos. Deine Tochter wird dort aufgenommen und kann rund um die Uhr betreut werden."

Tanja erschrak. „Vielen Dank für das Angebot, aber die tägliche Zeit mit meiner Tochter ist mir heilig. Überstunden sind nur ausnahmsweise möglich."

„Du macht es einem schwer, dich zufrieden zu stellen. Aber ich mag anspruchsvolle Frauen", lachte Uwe. Er fand das Gespräch äußerst amüsant, was Tanja zunehmend ärgerte. Sie fühlte sich immer mehr auf die

Ebene eines dummen Mädchens zurückgeschoben. „Gut, Tanja. Überstunden sind nur in wirklichen Ausnahmefällen nötig. Aber manchmal muss man in dem Bereich der Öffentlichkeitsarbeit seine Arbeitszeiten ein wenig in die Abendstunden schieben. Die Zeit mit deiner Tochter wird nicht gekürzt, sondern nur verschoben."

Tanjas Kopf schwirrte. So viel neue Informationen und Veränderungen der eingefahrenen Alltagsstruktur konnte sie so schnell nicht überdenken. Aber Uwe redete weiter: „Tanja, ich sehe, zufrieden bist du noch immer nicht. Also spucks aus: Gibt es noch einen Mann, der mitziehen muss oder eine pflegebedürftige Mutter? Lösungen existieren für jedes Problem!"

Jetzt lachte auch Tanja. Uwes positive Lebenseinstellung begeisterte sie zunehmend mehr und zog sie in ihren Bann. Sie fühlte sich plötzlich leicht und unbelastet, als würde ein väterlicher Freund ihr von nun an schützend zur Seite stehen. Aber was wäre, wenn er sich mehr von ihr erhoffte? Blödsinn, er wolle nur eine zufriedene Arbeitskraft und war von Beruf aus Problemlösungen gewohnt. Tanja hatte doch in ihrer Therapie gelernt, nicht gleich hinter jeder guten Tat eines Menschen böse Hintergedanken zu vermuten.

„Nein, da gibt es nichts mehr. Ich war nur so sprachlos, dass schon alles geregelt ist. Ich bin..." und hier stockte Tanja. War sie wirklich ungebunden, wenn sie keine Sekunde an etwas anderes als an Thomas und seine warm-glänzenden blauen Augen denken konnte? Aber Thomas wollte einen anderen Typ Frau und damit war sie frei. „... alleinstehend. Der Vater von Tanja kümmert sich nicht um sie und von daher kann und will ich gerne die Stelle bei dir antreten."

„Darüber freue ich mich sehr, Tanja. Du passt sehr gut in unser Team. Willkommen in deiner neuen Familie!" Damit stand Uwe feierlich auf und breitete beide Arme aus. Befremdet von dieser herzlichen Geste warf Tanja den Stuhl um, als auch sie hektisch aufstand. Uwe lachte kurz auf und drückte Tanja fest und lange. Wieder machten sich bei ihr Bedenken breit, ob er andere Absichten als die rein freundschaftlich berufliche Zusammenarbeit hegte, aber vertraute einfach mal ihrer Hoffnung, nach den bitteren Monaten eine Glückssträhne zu haben.

Das Abendessen im Hotel wurde sehr locker und interessant. Uwe führte das Gespräch und erzählte sehr viel vom Zoo und seinen Mitarbeitern. Auch lustige Anekdoten fehlten nicht. So kam es Tanja vor, als sei gerade eine halbe Stunde vergangen, als Marie nach zwei Stunden von der Aufsichtsperson an den Tisch gebracht wurde.

„Marie, willst du ein Eis haben?", frage Uwe sie sofort. Offensichtlich hegte er nicht die Absicht, diesen Anlass zu nutzen, um den Abend zu beenden.

Nach einer halben Stunde rieb sich Marie dann doch die Augen und gähnte permanent, sodass sich Tanja verabschiedete. Uwe bestand jedoch darauf, ein Taxi für die Rückfahrt zu bestellen und zu bezahlen. Er ließ eine Ablehnung nicht zu. Natürlich war Marie sehr begeistert und freute sich über den bevorstehenden Umzug, ohne an die Folgen zu denken.

Obwohl der Abend so erfolgreich und unterhaltsam gewesen war, sah Tanja immer wieder in Gedanken Thomas vor sich. Sie musste zugeben, dass sie sich Hals über Kopf verliebt hatte und zudem der Überzeugung war, dass sie und Thomas gut zusammenpassen würden. Schade nur, dass er das offensichtlich anders sah. Tanja konnte an diesem Abend nur schwer einschlafen. Zuviel Neues drehte sich karusselartig in ihrem Kopf. Obwohl sie ihre Wahl hinsichtlich ihrer Arbeitsstelle und des Umzuges bereits getroffen hatte, überlegte sie die halbe Nacht, ob es nicht ein Fehler gewesen war.

KAPITEL 6

Am nächsten Morgen lief Tanja daher müde zu ihrem Briefkasten im Erdgeschoss, um ihre Zeitung zu holen. Es war Samstag, aber ihre Tochter hatte sie, freudestrahlend über die bevorstehenden Veränderungen, bereits um 7:00 Uhr geweckt. Die Zeitung kündigte oftmals Veranstaltungen für Kinder an, die sie zusammen besuchen könnten. Erstaunt entdeckte Tanja nicht nur die Tageszeitung, sondern auch einen weißen Umschlag in ihrem Briefkasten, der handschriftlich an sie adressiert war. Der Briefträger konnte doch noch gar nicht da gewesen sein zu dieser frühen Zeit. Die Anschrift war in einer gut lesbaren Männerschrift verfasst. Jetzt erst sah Tanja, dass der Brief weder einen Absender noch eine Briefmarke aufwies. Für ihren Arbeitsvertrag war der Umschlag zu klein und zudem zu dünn. Er würde doch nicht etwa von Thomas sein?

Noch im Flur vor dem Briefkasten riss Tanja den Umschlag auf. Ein kleiner Zettel lag darin: „Ich muss dauernd an dich denken. Melde dich bitte!" Darunter stand Thomas' Festnetznummer.

Tanja schüttelte den Kopf: „Der kann wohl nicht warten, bis er die Richtige findet und ich soll den Lückenbüßer gegen seine Einsamkeit spielen. Ich denke, das werde ich mal klarstellen müssen." Tanja war nun hellwach. Thomas quälte sie. Auch sie musste dauernd an ihn denken. Warum konnte er sie nicht einfach in Ruhe lassen und nach einer Frau suchen, mit der er eine eigene Familie gründen konnte.

Ungeachtet der frühen Zeit rief Tanja sofort Thomas an.

„Brigast hier!", meldete sich Thomas mit einer offensichtlich verschlafenen Stimme.

„Ich bin's Tanja!"

„Ach! Wie schön!" Die dunkle Stimme von Thomas wirkte überrascht und völlig klar.

„Das wirst du nach unserem Gespräch wohl nicht mehr sagen", warf Tanja ein. Sie sehnte sich so sehr nach einer Berührung von ihm, aber sie befürchtete, dass sie es nicht ertragen würde, wieder enttäuscht zu werden.

„Ach, ja? Womit willst du mir denn die Laune verderben?"

„Mit meinem Abschied!"

„Was? Musst du wieder in die Klinik?"
Thomas klang sehr besorgt. „Wenn ich dir
irgendwie helfen kann, dann sag mir das
bitte."

Tanja schluckte. Thomas war so ehrlich,
spielte keine der typischen Männerspielchen,
sondern sagte offen heraus, was er dachte. Mit
ihm hätte sie ein gutes Leben haben können,
wenn er nicht gerade in der Familienplanung
gewesen wäre. Tanja konnte sich keine Kinder
mehr leisten, da sie arbeiten gehen musste.
Zudem wollte sie nicht riskieren, dass Marie
als einziges Stiefkind zurückgesetzt würde.

„Danke, aber deine Hilfe benötige ich nicht.
Ich trete in Kürze einen Job in der Nähe von
Berlin an und ziehe auch dorthin."

„Oh!" Thomas schluckte, holte hörbar Luft,
bevor sein Optimismus wieder durchbrach:
„Herzlichen Glückwunsch, Tanja! Das ist ja
toll, dass du einen Job hast. So eine gute
Nachricht müssen wir feiern. Ich komme heute
Nachmittag mit einer Torte vorbei und danach
gehen wir noch essen."

Tanja widersprach nicht, da sie völlig
überrascht von seiner Reaktion war. „Danach
sehen wir uns nicht mehr", warf sie ein.

„Vorläufig nicht, Liebes! An den
Wochenenden könnte ich dich besuchen, und

wenn du deine Probezeit überstanden hast, versuche ich, mich an eine Schule in deiner Nähe versetzen zu lassen. Das funktioniert früher oder später bestimmt."

Jetzt nannte er sie schon Liebes! Was dachte er sich nur.

„Also, bis nachher!", verabschiedete sich Thomas und legte auf.

Sprachlos starrte Tanja ihr Telefon an, aus dem nur noch ein „Tüt-tüt-tüt" ertönte.

Sie stöhnte auf. Dann sollte er eben kommen.

Später mit dem Briefträger traf auch der Vertrag von Uwe mit einem Anschreiben ein. Er hätte bereits eine preiswerte teilmöblierte Wohnung für sie und ihre Tochter in Aussicht. Tanja sollte dies nur noch bestätigen. Ein Umzugswagen würde auch von dem neuen Arbeitgeber bezahlt. Dafür sollte Tanja dann aber schon in zwei Wochen ihre neue Arbeitsstelle antreten. Tanja dachte an Thomas' Besuch am Nachmittag, dem sie mit Herzklopfen entgegensah. Ohne große Überlegung rief sie Uwe auf seinem Handy an und bestätigte, dass sie sein Angebot gerne annähme. Nur, dass Uwes Freude über ihre Zusage so unverhältnismäßig groß war, verwunderte sie.

KAPITEL 7

Thomas hatte sich nun schon zum zweiten Male rasiert. Mehrere Stücke vom besten Konditor in der Stadt standen bei ihm im Kühlschrank. Für heute Abend hatte er einen Tisch für drei Personen bei einem Spitzenitaliener mit einer großzügigen Kinderspielecke reserviert. Er freute sich auf einen Familienabend. Und noch mehr freute er sich auf Tanja. Ihre zierliche Figur und die Stärke, mit der sie um das Wohl ihrer Tochter kämpfte, machte sie unwiderstehlich für ihn. Diese Gegensätzlichkeiten und ihr attraktives Äußeres übten diese betörende Anziehungskraft auf ihn aus. Ihm war klar, dass sie füreinander geschaffen waren und genau davon wollte er sie heute überzeugen.

Als die Türklingel am Nachmittag bei Tanja klingelte, zuckte sie zusammen. Jetzt war es so weit. Jetzt musste sie standhaft bleiben, so schwer es ihr auch fallen würde. Aber entgegen ihren Befürchtungen wurde es ein sehr lockerer, lustiger Nachmittag und Abend. Marie war ganz hin und weg von Thomas, der lustig und väterlich mit ihr umging und nie genervt schien. Als Marie am späten Abend todmüde in ihrem Bettchen eingeschlafen war, saßen Thomas und Tanja still am Tisch bei einer Tasse Kaffee zusammen.

„Eigentlich wäre dieser besondere Tag einen Champagner wert", begann Thomas das Gespräch. Er war plötzlich ernst. „Aber ab jetzt können wir gegenseitig aufeinander aufpassen, dass wir trocken und glücklich bleiben!", ergänzte er, da Tanja nicht reagierte.

Ihr Gehirn war plötzlich leer.

Thomas' Lippen näherten sich Tanjas Gesicht. Sie wehrte sich nicht. Er küsste sie erst sanft und wurde immer leidenschaftlicher. Dann hob er sie entschlossen hoch und ging in ihr Schlafzimmer, das er hinter ihnen abschloss. Tanja lag auf dem Bett und ihr Körper bebte. Sie verlangte nach ihm, nach seinem nackten Körper und wusste, dass sie jetzt nicht mehr zurück konnte und es auch nicht wollte. Er knöpfte ihre die Bluse auf, und jedes Mal, wenn seine warmen Hände ihre Haut berührten, erschauerte ihr Körper in erwartungsvollem Verlangen. Dann lag sie nackt vor ihm. Ihre Hände schoben sich unter sein Hemd. Aber Thomas konnte es auch nicht mehr erwarten. Ruckzuck war seine Kleidung ausgezogen und sie gaben sich nur noch ihren Gefühlen und der Liebe hin.

Nächsten Morgen klopfte an der Tür. „Mama?"

„Ich gehe schon", meinte Thomas, ehe Tanja noch richtig wach war.

„Aber Thomas...", wandte Tanja ein, aber es war schon zu spät. Thomas hatte sich die Hose übergestülpt und die Tür schon geöffnet.

„Mama... Thomas, du?"

„Ja, Marie. Es war schon so spät gestern und dann durfte ich hier übernachten. Deine Mama und ich haben uns sehr lieb und ich werde euch jetzt regelmäßig besuchen kommen."

„Au ja!" Zumindest Marie schien begeistert. „Dann bist du ja mein Stiefvater, wie meine beste Freundin auch einen hat."

„Ja, fast. Aber vielleicht bekommen wir das ja auch noch hin, oder Tanja?" Thomas stupste sie an, die sich noch nackt unter der Bettdecke verkrochen hatte.

„Hey Marie. Komm, wir malen deiner Mutter jetzt ein tolles Bild von dem Zoo, in dem sie bald arbeiten wird." Thomas zwinkerte Tanja im Herausgehen zu und schloss die Tür von außen, damit sie sich in Ruhe anziehen konnte.

Tanja ging in Gedanken die letzte Nacht durch. Sie war herrlich gewesen und Thomas der richtige Mann, wenn seine familiären Planungen sich bloß nicht von ihren so stark unterscheiden würden. Es war ein schöner Abschied von Bochum und Thomas. Fernbeziehungen hielten gewöhnlich sowieso nicht lange. Also war sie wohl nicht gezwungen, von sich aus die Beziehung zu beenden.

KAPITEL 8

Der Umzug in die Nähe Berlins funktionierte reibungslos. Uwe hatte alles meisterhaft organisiert. Die Wohnung war renoviert und mit modernen Möbeln ausgestattet, wobei jedoch noch genügend Platz für die wenigen Möbel blieb, die Tanja und Marie aus Bochum mitnahmen. Die Umzugsspedition war pünktlich und arbeitete sorgfältig. Marie war zwar sehr traurig, ihre Freundin und den gewohnten Kinderhortplatz verlassen zu müssen, hatte aber gleich am ersten Tag eine neue Freundin gefunden. Zudem gab es dort neue, interessante Spielsachen und sie wurde von den Erzieherinnen besonders freundlich empfangen.

„Der Zoodirektor Uwe Neubeck muss sehr viel Einfluss und gute Kontakte im Umkreis haben", folgerte Tanja nicht ohne eine gewisse Befürchtung, er könnte diese Machtposition auch mal gegen sie einsetzen. „Nur erstaunlich, dass er dann keine andere Angestellte in der örtlichen Umgebung gefunden hatte."

Auch die Arbeit im Zoo erwies sich als ein Glücksfall. Uwe Neubeck hatte sein

Versprechen eingehalten, keine Überstunden von ihr zu fordern. Tanja arbeitet drei Tage im Vorzimmer von dem Zoodirektor Uwe als Referentin mit dem Aufgabenbereich der Öffentlichkeitsarbeit.

„Meine Sekretärin ist momentan im Mutterschaftsurlaub. Direkt im Anschluss daran nimmt sie Erziehungsurlaub. Ist dieser abgelaufen, beabsichtigt sie, nicht mehr ihre Arbeit aufzunehmen, denn sie hat Zwillinge bekommen. Zwei Mädchen", hatte Uwe ihr erzählt.

Infolgedessen umfasste ihr Aufgabenbereich, Briefe zu schreiben, Zeitungsartikel auszuschneiden und abzuheften, Kaffee zu kochen und ihren Chef Uwe Neubeck zu Presseterminen oder Einladungen zu begleiten. Da Uwes Frau schon vor acht Jahren gestorben war, musste Tanja als seine enge Mitarbeiterin noch nicht einmal die Eifersucht einer Ehefrau fürchten.

Über die Bemerkungen einer Journalistin: „Da haben Sie aber eine hübsche neue Freundin", ging Tanja lächelnd hinweg. Sie fühlte sich wie eine behütete Tochter bei Uwe. Die Idee, sie seien ein Paar, erschien ihr zu abwegig, um sie ernst zu nehmen.

Zwei Tage in der Woche durfte Tanja im Zoo als Tierpflegerin arbeiten. Der Umgang mit Tieren und der Zusammenhalt unter den Pflegekräften machten diese zwei Tage für Tanja zum Highlight der Woche. Am meisten freute sie sich jedoch, wenn sie täglich von ihrer Tochter hörte, wie wohl sie sich auch im neuen Kinderhort fühlte, obwohl sie natürlich ihre Freundinnen in Bochum vermisste.

So verflogen die ersten zwei Wochen für Tanja im Fluge. Alles wäre perfekt gewesen, wenn sie nicht dauernd an Thomas und die Nacht mit ihm hätte denken müssen. Ihre Gefühle und ihr Verstand kämpften ständig gegeneinander. Thomas hatte klar geäußert, dass er eine Frau für die Familiengründung suchte. Somit konnte er es mit ihr unmöglich ernst meinen. Aber hatte er nicht andererseits am Morgen nach der gemeinsamen Nacht von häufigen Besuchen und seiner angestrebten Rolle als Stiefvater gesprochen? Tanja war ganz durcheinander, denn sie sehnte sich nach Thomas' Direktheit, seiner Nähe und vor allem seinem warmen, attraktiven Körper. Jedes Mal, wenn sie das Obst und Gemüse für die Zootiere klein schnitt wie an diesem zweiten Freitagmorgen versank Tanja in Erinnerungen an die Nacht mit Thomas. Er hatte gesagt, er wolle sich um eine berufliche Versetzung in ihre Nähe kümmern und sie bis dahin jedes zweite Wochenende besuchen. Wenn er dies tatsächlich ernst gemeint hatte, würde er an dem kommenden Samstag kommen. Das wäre schon morgen. Oder wollte er schon freitags kommen? Das war bei diesem langen Anfahrtsweg von mehreren Stunden doch unmöglich. Tanjas Herz hüpfte bei dem Gedanken, dass er die weite Strecke auf sich nahm, um sie zu sehen und sie dann wieder in seinen Armen einschlafen würde. Aber sie konnte und wollte ihm unter den momentanen Bedingungen kein Kind schenken. Tanja musste arbeiten und für ihre Tochter sorgen. Zudem war es doch nicht sicher, ob Thomas seine Fernbeziehungsabsicht überhaupt ernst gemeint hatte. Sie hatten in den letzten zwei Wochen ein paar SMS gewechselt, da ihr Internetanschluss in ihrer jetzigen Wohnung nicht funktionierte und sie für ein Internethandy noch kein Geld hatte. Thomas hatte nichts davon erwähnt, dass er morgen kommen würde.

Zur gleichen Zeit rief Uwe in seinem Büro bei sorgsam verschlossenen Türen einen

Freund an, der sich im Studium derselben Studentenverbindung angeschlossen hatte wie er selbst. Es war auch nach diesen langen Jahren, die das Studium schon zurücklag, Ehrensache eines jeden Mitglieds, für den anderen alles in seiner Macht stehende zu tun. Dieser Kodex verlieh Uwe und den anderen Verbindungsbrüdern viel Einfluss und sehr gute Aufstiegschancen.

„Guten Morgen, Uwe! Wie nett von dir zu hören!", meldete sich dieser sehr erfreut.

„Guten Morgen, Helmut. Können wir ungestört reden?"

„Ja, meine Sekretärin hat heute Urlaub und meine Bürotür ist geschlossen."

„Ich habe nochmal über deine Anfrage nachgedacht, dem gerade aus dem Gefängnis entlassenen Markus Zikos einen Arbeitsplatz anzubieten. Ich denke, da ließe sich etwas einrichten."

„Ich wusste, dass du eine Lösung finden würdest, Uwe. Als leitender Strafvollzugsbeamter kann ich dir versichern, dass er für eine Arbeitsstelle und die Chance für einen guten Start in die Freiheit fast alles tun würde und zudem loyal ist. Es wäre sicher nützlich, ihn auf unserer Seite zu haben."

Uwe lachte auf. „Ja, nachdem was ich mitbekommen habe, hat er als Arbeitsloser gegen eine gute Bezahlung Computer ausspioniert, Kreditkartendaten und Bankkartendetails über verbotene E-Mail-Zugriffe ermittelt?"

„Richtig, Uwe. Er ist ausgebildeter Detektiv und findet jedes Sicherheitsloch im Netz. Aber anstatt seine Fähigkeiten beruflich als hoch bezahlter Programmierer zu nutzen, hat er sein Wissen für Betrügereien benutzt. Das Bestellen von Waren über fremde Namen war nur eine davon."

„Ja, ich weiß, Helmut. Kreditkartenbetrug und Computerhacken standen damals auch in der Zeitung bei seiner Verurteilung zu fünf Jahren Haft. Viel zu wenig Jahre, die sie ihm aufgebrummt haben, wenn man mich fragt. Aber gut, mir kann's Recht sein."

„Welchen Job soll er denn bei dir bekommen, Uwe? Er ist vorwiegend auf Hackertätigkeiten spezialisiert." Helmut lachte sarkastisch auf.

„Da kann ich dich beruhigen. Seine Hackertätigkeiten werde ich auch in Anspruch nehmen müssen. Aber hauptsächlich soll er als gut bezahlter Kaufhausdetektiv im großen Zooladen und im Selbstbedienungsrestaurant arbeiten. Wenn man der Inventur glauben darf, sind die kleinen Plastiktierchen und Souvenirs im Laden doch sehr verführerisch und fehlen dann plötzlich in nicht unbedeutender Zahl."

Helmut lachte laut: „Du Don Juan. Du willst wohl deine junge attraktive Freundin überwachen lassen. Nicht schlecht, Uwe. Kontrolle ist immer gut. Dann wünsche ich dir viel Erfolg damit! Markus Zikos schicke ich dir Montagmorgen um 8:00 Uhr vorbei."

„Ja, das ist gut. Meine feste Freundin ist Tanja noch nicht, aber sehr bald. Sofern mir kein anderer Mann dazwischen funkt. Ein schönes Wochenende wünsche ich dir, Helmut."

Äußerst zufrieden legte Uwe den Hörer auf sein großes Cheftelefon. Dieser Markus Zikos sollte einiges über Tanja herausfinden und vor allem überprüfen, ob sich noch eine männliche Konkurrenz um Tanja bemühte. Tanja sagte, sie wäre allein erziehend, aber wenn es tatsächlich einen Mann in ihrem Leben gab, würde Uwe ihm sehr bald klar machen, dass er keine Chance bei ihr hätte. Tanja war die ideale Frau für Uwe und zudem extrem attraktiv. Er hatte bei gemeinsamen beruflichen

Veranstaltungen die bewundernden Blicke der anderen Männer bemerkt und fühle sich auf eine prickelnde Art und Weise plötzlich wieder jung und voller Manneskraft. Mit ihr könnte er prahlen und sie war eine Frau, die sich ohne Rückhalt mit Kind nach und nach seiner Sicherheit, seiner finanziellen Möglichkeiten und seinem Einfluss unterwerfen würde. Aber erst einmal galt es, sie für sich zu gewinnen und mögliche störende Einflüsse, wie andere Verehrer, von ihr fernzuhalten, und das möglichst schnell.

Uwe lehnte sich in seinem schweren Lederbürostuhl zurück. Er nahm den Telefonhörer und wählte die Nummer des Gebäudes, in dem Tanja zu dieser Zeit das Futter für Zootiere zubereitete. Es bimmelte einige Male, bis sich jemand meldete.

„Tanja hier", meldete sie sich, da sie gesehen hatte, dass es sich um ein internes Telefonat handelte.

„Guten Morgen, Tanja. Nächste Woche Dienstag findet doch der Presseempfang wegen unseres neuen Pinguingeheges statt. Wir sollten ein paar Häppchen, Getränke und auch Bedienungskräfte organisieren. Außerdem wäre es nötig, doch kurz nochmal über unsere Informationen zu sprechen, die wir den Journalisten geben wollen."

„Eigentlich ist heute ja mein Tag in der Tierpflege", sagte Tanja enttäuscht. „Aber, wenn das dringend ist, kann ich mich natürlich kurz waschen und zu dir kommen. Allerdings sind wir heute knapp besetzt und ich muss schauen, wer die Tierfütterung dann übernehmen kann."

„Das ist nicht nötig, Tanja. Ich weiß doch, wie gerne du bei den Tieren bist. Da ich auch Montag wichtige Termine habe, schlage ich vor, wir treffen uns nach deiner Arbeit zum Abendessen beim Chinesen hier um die Ecke. Das Essen zahlt natürlich der Zoo, ebenso deine Überstunden und die Betreuungskosten deiner Tochter im Kinderhort für diese Zeit. Da können wir in Ruhe und ohne Störungen über die Organisation des Dienstags sprechen."

Tanja dachte an Thomas und schluckte. Was nun, wenn er doch schon heute käme und sie wäre nicht da? Ach, es war Thomas' Schuld, wenn er ihr nichts Genaues gesagt hatte. Vermutlich würde er dieses Wochenende überhaupt nicht kommen. Umso dummer wäre es von ihr, das leicht verdiente Überstundengeld und ein leckeres Abendessen auszuschlagen.

„Ja, gerne!", antwortete Tanja freundlich. „Ich muss nur den Kinderhort informieren, wann ich dann meine Tochter abhole."

„Ich denke, wir werden so um 17:30 Uhr im Restaurant sein." Uwe legte eine kurze Denkpause ein. „Die zweieinhalb Stunden bis 20:00 Uhr einschließlich des Essens werden für unsere Besprechung völlig ausreichen. Ist das für dich in Ordnung?"

Tanja stöhnte innerlich. Das würde ein langer Tag werden. Als sie jedoch an Marie dachte, die nie genug vom Spielen mit den netten Erzieherinnen und den Kindern bekam, nickte sie. „Ja, das ist gut. Bis später dann, Uwe!"

„Ich freue mich drauf, Tanja!", antwortete Uwe. Tanja stockte. Die Antwort passte nicht so ganz zu der Rolle eines Chefs, der mit ihr beim Geschäftsessen berufliche Dinge besprechen wollte. „Du verhältst dich schon wieder paranoid", ermahnte sie sich selbst. „Er ist ein kollegialer, großzügiger Vorgesetzter, über den jeder Angestellte froh wäre. Stattdessen untersuchst du die freundlichen Gespräche mit ihm nach versteckten Gefahren." Sie hörte noch die ständig wiederholte Aussage ihres Therapeuten im Ohr: „Die meisten Menschen, die dir helfen oder freundlich zu dir sind, wollen auch einfach nur helfen oder nett sein. Sie verfolgen weder eigene schlechte Ziele, noch haben sie böse Hintergedanken." Tanja musste lächeln, während sie bereits weiter das Obst für die Zooleguane zerkleinerte. Ihr Vater war früh gestorben und nun hatte sie offensichtlich so viel Glück, einen väterlichen Freund gefunden zu haben.

Das Abendessen mit Uwe verlief sehr ruhig. Nachdem sie ihre Getränke und ihre Gerichte im chinesischen Restaurant bestellt hatten, schob Uwe ihr ein DIN-A5-Notizblock zu.

„So, nun zu Dienstag. Ich dachte dabei an Fingerfood, das die Journalisten so nebenher essen können, ohne großartig ihren Block und den Stift oder sogar die Kamera zur Seite legen zu müssen. Stell einfach mal eine bunte Mischung für ungefähr vierzig Leute zusammen. Bei den Getränken benötigen wir Sekt, Orangensaft, Mineralwasser, Cola und einen sehr guten Rotwein für die Gäste, die länger bleiben wollen", erklärte Uwe, als ob er es nur von einer Karte ablesen würde. Er hatte bereits genaue Vorstellungen. Tanja schrieb sich alles auf und musste es Montag dann nur noch bestellen. Diskussionen oder mögliche

Gegenvorschläge waren nicht erwünscht. Dies betraf auch die Informationszusammenstellung, die Uwe den Journalisten mitteilen wollte. Er hatte sogar schon eine Word-Seite ausgedruckt, auf dem die erforderlichen Daten für die Artikel der Medien zusammengestellt waren. Tanja sollte diese Aufstellung nur noch optisch ansprechend und fehlerfrei gestalten. So war der berufliche Teil des Abendessens in einer halben Stunde bereits erledigt.

Danach wurde Uwe weicher. Ein Strahlen huschte über sein Gesicht und er begann ein persönliches Gespräch mit Tanja: „Wie gefällt es dir hier im Zoo und deiner neuen Heimat?"

„Alles ist noch sehr ungewohnt, aber es gefällt mir. Meine Wohnung ist sehr schön groß und gemütlich eingerichtet. Die Arbeit in deinem Zoo ist einfach ein Glücksgriff und macht mir sehr viel Freude. Und auch Marie ist sehr zufrieden und geht jeden Tag gerne zum Hort. Manchmal ist sie fast etwas enttäuscht, wenn ich sie abhole. Kann man die Kinder eigentlich auch dauerhaft dort lassen?", fragte Tanja scherzhaft nach.

„Wenn man das Geld hat und das Kind los werden will, sicher!", lachte Uwe auf. „Aber sie ist doch wirklich ein ungewöhnlich liebes und aufgewecktes Kind. Sie wird es mit ihrer Anpassungsfähigkeit noch weit bringen."

Tanja strahlte auf. Uwe schien ihre Tochter gerne zu mögen und eine Menge von ihr zu halten.

„Aber diese positiven Eigenschaften hat sie vermutlich von ihrer Mutter", zwinkerte Uwe ihr zu. „Es ist durchaus nicht selbstverständlich, dass man sich so schnell für eine grundlegende Lebensveränderung entscheidet und alles hinter sich lässt, wie du es getan hast."

Nun errötete Tanja. „Bei solch einem guten Angebot von dir, Uwe, war das mehr als selbstverständlich. Es ist wunderbar, dass ich eine solche Chance von dir bekommen habe. Ich hoffe nur, dass du mit meiner Arbeit im Zoo auch zufrieden bist."

Uwe nickte. Diese Frau war einfach ideal für ihn. Tanja war seine Traumfrau, die ihm dankbar für seine Hilfe und sein bestimmendes Verhalten war und ihm vertraute. Seine verstorbene Frau hingegen hatte sich ständig über seine dominante Art geärgert und seinen beruflichen Erfolg als „Erfolg wegen guter Beziehungen" heruntergespielt. Tanja hingegen erkannte ihn voll und ganz an und war zudem eine bildhübsche junge Frau, die seine Unterstützung dringend benötigte.

„Tanja, mach dir deswegen keine Gedanken. Wenn ich mit etwas nicht zufrieden bin, lasse ich es dich wissen. Ich bin kein Unmensch, wie du vielleicht schon gemerkt haben könntest, und Lösungen gibt es immer, wenn es die Beteiligten auch wollen. Komm, Tanja, wir stoßen auf eine lange, erfreuliche Zusammenarbeit und Freundschaft an!" Uwe hob sein Sektglas und Tanja ihr Wasserglas. Sie fühlte sich warm geborgen und hätte glücklich sein können. Wenn da nur nicht die ständigen Gedanken an Thomas gewesen wären, der womöglich jetzt gerade an ihrer Wohnungstür klingelte, die ihm keiner öffnen würde.

Uwe bestand darauf, Tanja nach Hause zu fahren und mit ihr vorher noch Marie abzuholen. Pünktlich um 20:00 Uhr verließen sie mit Tanjas Tochter den Hort. Marie hatte zwar müde Augen, aber ihre Wangen strahlten rot. „Mama, darf ich jetzt immer so lange im Hort bleiben?"

„Nein, mein Schätzchen, das Geld habe ich nicht."

„Noch nicht", warf Uwe ein, „aber so hübsche, junge Damen wie du brauchen ihren Schlaf, um morgen wieder viel Freude am Spielen zu haben. Du bist doch schon müde, oder nicht, Marie?"

„Oh, ja!", gab Marie zu und die Augen fielen ihr schon zu.

Als sie nur ein paar Minuten später vor ihrem Haus angekommen waren, schlief Marie schon tief im Auto.

„Ich trage deine Tochter gerne noch in deine Wohnung. Dann muss sie nicht wachwerden", bot Uwe an.

„Nein, vielen Dank! Das schafft sie schon. Zu Hause geht sie dann gleich ins Bett", lehnte Tanja ab, obwohl sie noch nicht so recht wusste, wie sie Marie wecken sollte. Wenn ihre Tochter mal schlief, dann war sie kaum noch wach zu bekommen.

Uwe hingegen hatte schon längst den Wagen mit Bochumer Kennzeichen vor dem Haus entdeckt, in dem ein Mann saß. Uwe war klar, dass es sich um einen Besucher von Tanja handeln musste und das gefiel ihm gar nicht.

Uwe stand kurz entschlossen aus seinem schwarzen Mercedes aus und ging zur Beifahrertür, um Tanja herauszuhelfen. Nachdem er die Tür geöffnet hatte, streckte er ihr die Hand entgegen, immer mit einem Seitenblick auf den Bochumer Wagen. Der Mann darin schien sie noch nicht gesehen zu haben. Also hob Uwe auch die schlafende Tochter heraus und sagte zu Tanja: „Schlafende Kinder sind schwer zu wecken. Ich lege sie eben in ihr Bettchen, alles Weitere kannst du ja dann tun. Mir macht das nicht aus." Tanja nickte erleichtert. Mit betont langsamen Schritten ging Uwe mit Marie auf dem Arm zum stillen Wohnhaus. Es lag ein wenig zurückgesetzt von der Straße und war durch die um ihn herumstehenden Bäumen und einem großen Vorgarten in ein graues Dunkel getaucht.

Als sie am Wagen mit dem Bochumer Kennzeichen vorbeikamen, sagte Uwe sehr laut: „Wäre doch schade, wenn Marie unzufrieden wäre und sich und uns denn herrlichen Abend noch zerstören würde." Mit ungeheurer Befriedigung sah Uwe, wie der junge Mann im Auto plötzlich zu ihnen herüberblickte. Tanja hatte das Auto offensichtlich noch gar nicht wahrgenommen, was ihn nicht wunderte, da auf dem Parkstreifen ein parkender Wagen nach dem anderen stand. Dieses Bochumer Auto hatte weder Licht an, noch machte sich der im Dunklen sitzende Mann bemerkbar.

Durch Uwes laute Stimme wurde jedoch auch Marie wach. „Ich kann selbst laufen, ich bin ein großes Mädchen", beschwerte sie sich lautstark und Uwe stellte sie langsam auf den Boden, aber streichelte ihr nochmal liebevoll über ihr Haar.

Im Hauseingang drückte Uwe das Licht an. Der Mann aus Tanjas Vergangenheit sollte sehen, dass nicht mehr er, sondern Uwe zu Tanjas Zukunft gehörte.

„Danke, dass du heute Zeit für mich und den Zoo hattest", sagte Uwe sanft zu Tanja, während sie die Haustür aufschloss.

„Danke für die nette Einladung, Uwe!", antwortete Tanja. Sie dachte an Thomas. Unsinnigerweise hatte sie gehofft, da würde eine Nachricht von ihm an der Haustür hängen. Sicherheitshalber würde sie gleich auch noch in den Briefkasten schauen. Aber sie zweifelte daran, dass er überhaupt noch käme. Die Nacht mit ihr war vermutlich nur ein One-Night-Stand für ihn gewesen, nicht mehr. Sie war sehr traurig und in ihren Gedanken an ihn versunken, dass sie gar nicht bemerkte, wie Uwes Mund ihr näher kam.

Als seine Lippen sie berührten, zuckte sie daher erstaunt zusammen, wobei Uwe sie sofort umarmte, um zu verhindern, dass sie ganz zurückwich. Tanja zögerte einen Moment, da sie erst ihre Gedanken ordnen musste. War das nun ein väterlicher Kuss oder ein romantischer? Uwe ließ sie los. Es war also nur ein kurzes Berühren der Lippen gewesen. Tanja wollte das nicht, aber sie sah es als Geste der väterlichen Freundschaft. Zudem war sie alleinstehend und durfte tun, was immer sie wollte, auch wenn sie es im Grunde nicht wollte.

Noch innerlich mit ihrem Schuldgefühlen kämpfend, dass sie Uwes Kuss zugelassen hatte, bemerkte Tanja nicht, wie bei einem parkenden Auto mit Bochumer Kennzeichen das Licht anging und es gestartet wurde. Ohne lange zu warten, fuhr es aus der Parklücke heraus. Tanja ahnte nicht, dass in diesem Wagen Thomas saß. Der Mann, den sie liebte und nach dem sie sich sehnte, hatte soeben mit ansehen müssen, wie Tanja von einem anderen Mann geküsst wurde.

KAPITEL 9

Thomas war traurig und enttäuscht. Für ihn war die Nacht mit Tanja der Beginn einer festen Beziehung gewesen und er hatte sich heute mit ihr verloben wollen. Der goldene Diamantring befand sich in einem dunkelblauen Samtkästchen und lag in seinem Handschuhfach. Thomas hatte geplant, Tanja und Marie zum Essen auszuführen, um ihr von einer wunderbaren Nachricht zu erzählen. Der Direktor des Gymnasiums, an dem er unterrichtete, hatte kurzfristig seine Versetzung nach Berlin erreichen können, obwohl er bedauerte, seinen engagierten Lehrer loszuwerden. Dann hätten Thomas und Tanja zusammenziehen und heiraten können. Aber offensichtlich hatte Tanja die Nacht zwischen ihm und ihr nicht ernst genommen und sich nach einem anderen Mann umgesehen. Thomas stöhnte aus dem Innersten seines Herzens auf. Es tat weh, Tanja gehen zu lassen, aber wenn es das war, was sie sich wünschte, würde er ihr keinesfalls im Wege stehen. Tanja hatte sich in den vergangenen Monaten mit so viel Kraft und Hoffnung aus der entmutigenden Lage gekämpft, dass sie ein ungetrübtes Glück verdient hatte.

Thomas überlegte einen Moment, ob er sich vor Ort noch ein Hotelzimmer nehmen sollte, entschied sich dann aber, sofort nach Bochum zurückzufahren. Wenn er noch länger in Tanjas Nähe bliebe, würde er nur noch länger leiden. Thomas musste Tanja und seine Hoffnungen endgültig hier zurücklassen. An einer Tankstelle holte er sich eine Flasche Cola und einen Kaffee und fuhr los, um in ein paar Stunden zu Hause seine Gefühle für Tanja vergessen zu wollen.

KAPITEL 10

Noch am nächsten Tag quälten Tanja Schuldgefühle wegen des Kusses ihres Chefs Uwe. Sie liebte Thomas und war erst ein paar Wochen zuvor mit ihm im Bett gewesen und nun ließ sie sich von einem Mann küssen, den sie nicht wollte. Sie hätte sich dagegen wehren sollen, um sowohl Thomas als auch Uwe aufrichtig gegenüber zu sein und in Uwe keine falschen Hoffnungen zu wecken.

Als gegen 12:00 Uhr die Türklingel schellte, rannte Marie sofort zur Gegensprechanlage an der Tür.

„Das ist bestimmt Thomas. Ich freue mich so!", sprach Marie das aus, was Tanja auch fühlte.

„Hallo Thomas, komm doch hoch", rief Marie aufgeregt in den Hörer der Gegensprechanlage. Es rauschte und dann sagte Marie nur noch: „Oh, oh", und rannte zu ihrer Mutter. „Mama, es ist Herr Neubeck."

Tanja seufzte schwer. Nicht nur die Enttäuschung, dass Thomas nicht doch gekommen ist, sondern auch die Befürchtung, dass Uwe mehr aus dem Kuss machen wollte, drückten ihr schmerzhaft die Kehle zu. Es klingelte erneut und Tanja ließ Uwe ins Haus.

„Guten Morgen, liebe Tanja. Hallo, kleine Dame! Hast du Lust auf einen Ausflug?" sprühte Uwe schon wieder voller Energie, als er Tanjas Wohnung betrat. Marie schaute ihre Mutter fragend an.

„Uwe, wie lieb, dass du mit uns etwas unternehmen willst. Aber wir warten hier auf einen Gast aus Bochum, der im Laufe des Tages hier eintreffen soll. Heute haben wir leider keine Zeit."

Uwe lachte leicht auf. Da er genau wusste, dass dieser Besuch mit Sicherheit vorerst nicht mehr auftauchen würde, fragte er gezielt: „Wann wollte dein Besuch denn hier sein? Vielleicht können wir bis dahin noch ein wenig zusammen spazieren gehen?"

Tanja seufzte und setzte sich auf einen Sessel. „Ich weiß noch nicht mal sicher, ob er überhaupt kommen wird. Wir haben nichts Genaues vereinbart." Plötzlich merkte Tanja, wie verrückt es war, unter diesen Umständen auf Thomas zu warten. Dennoch kämpfte sie mit sich. Er hatte doch gesagt, er würde jedes zweite Wochenende zu ihr kommen. Aber offensichtlich war es nicht ernst gemeint gewesen oder doch zu mühsam für Thomas.

Tanja dachte an all die Berichte, die sie über Fernbeziehungen gehört hatte. Sie wusste, dass eine solche Beziehung nur bei einer stabilen Freundschaft funktionieren konnte und ihre Beziehung, wenn es überhaupt eine war, hatte sich gerade am Anfang befunden.

„Meinst du dann, es wäre nicht vernünftiger, etwas Schönes zu unternehmen und nicht auf jemanden zu warten, der es nicht einmal für nötig hält, Besuche vorher anzukündigen?" Uwe schaute Tanja erwartungsvoll an. Tanja nickte. Da stand jemand, der sie aus ihrer Einsamkeit holen wollte und sie sollte nicht das Wochenende mit Marie wartend zu Hause verbringen.

Also sagte sie: „OK, du hast Recht, Uwe. Zudem hat er meine Handynummer und kann sich bei mir melden. Was machen wir heute?"

„Hier in der Nähe ist ein Erlebnispark, der auch ein sehr exklusives Restaurant hat." Uwe brauchte gar nicht mehr weiter für seine Idee zu werben, denn Marie schrie schon: „Oh, ja!"

Tanja nickte ergeben. Sie wusste, dass sie dauernd an Thomas würde denken müssen, aber zu Hause wäre es auch nicht besser.

Es war dennoch ein erholsamer Tag im Erlebnispark mit viel Natur. Uwe hatte einen Fotoapparat mitgebracht und schoss viele Schnappschüsse von Marie und ihnen. Oft bat er Passanten darum, ein Foto von allen Dreien zusammen zu machen. Tanja wollte dieses im Grunde nicht recht, denn sie wollte Uwe nicht als Teil ihrer Familie mit Marie sehen, aber Uwe duldete keinen Widerspruch. Langsam fühlte sich Tanja zunehmend nicht mehr beschützt, sondern ferngesteuert und manipuliert. Zudem beschlich sie ein ungutes Gefühl wegen der vielen Fotos. Sie fragte sich, aus welchem Grund Uwe so viele Bilder von ihnen schoss und was er mit diesen Fotos vorhatte.

KAPITEL 11

Am Montag ging der Alltag im Zoo weiter und er lenkte Tanja zumindest immer wieder kurzzeitig von ihren Gedanken an Thomas ab. Sie arbeitete viel und wurde von Uwe sehr sanft behandelt und sogar gelegentlich von ihm zum Abendessen eingeladen. Er sorgte dafür, dass ihre Tochter auch kostenfrei manchmal eine Stunde länger im Hort bleiben durfte, was ihr mehr Freiheiten und Ruhe schenkte. Nun war es ihr möglich, sich auch mal intensiver mit den ihr anvertrauten Zootieren zu befassen. So vergingen ein paar arbeitsreiche Wochen, in denen Tanja weder etwas von Thomas hörte, noch ihre Gedanken an ihn wirklich erfolgreich verdrängen konnte. Wie häufig wollte sie einfach seine Nummer wählen und fragen, ob sie sich mal sehen könnten, aber sie wusste, dass es keinen Sinn hatte, einen Mann zu bedrängen, der im Grunde nichts Ernstes von ihr wollte. So traf sie sich gelegentlich abends mit Uwe, der stets anständig blieb und beteuerte, er wäre froh, dass er nach dem Tod seiner geliebten Frau nicht mehr dauernd alleine speisen müsste. Tanja fand nichts Verwerfliches daran, dass zwei einsame Herzen sich zum gelegentlichen gemeinsamen Abendessen gefunden hatten. Der Kuss und die Umarmung von Uwe hatten sich seitdem auch nicht mehr wiederholt und so freute sich Tanja nur, in der schweren Zeit einen guten Freund gefunden zu haben.

Sie ahnte nicht, dass Uwe diese Wochen genutzt hatte, um mithilfe seines skrupellosen Detektivs Markus Zikos, der nur zur Tarnung gelegentlich im Zooshop und in dem zooeigenen Restaurant auftauchte, Tanjas Leben auszuspionieren. Ein befreundeter Journalist aus seiner Studentenverbindung hatte ihm einen Artikel mit der Überschrift „Bochumer Tierpflegerin findet ihr berufliches und privates Glück in der Ferne" geschrieben, den er zusammen mit einem Foto und einer entsprechen hohen „Aufwandsentschädigung" an die Bochumer Zeitung schickte, die auch Thomas Brigast bezog. Das Foto zeigte Uwe mit Tanja und Marie Arm in Arm im Freizeitpark und lies eine heile, glückliche Familie darauf vermuten.

Der Detektiv, der sich geradezu als Genie beim illegalen Ausspionieren von Daten und Informationen erwies, hatte nicht nur die abonnierte Zeitung von Thomas ermittelt, sondern auch den E-Mail-Account von Thomas und Tanja gehackt und konnte Tanjas Festnetztelefon sowie Handy überwachen. Mehrere Wanzen in der Wohnung von Tanja und an ihrer Handtasche sorgten zudem für eine Dauerüberwachung und die ständige Aktualisierung der Informationen über ihr Leben.

So war es möglich, dass Uwe eines Abends ein Geschenk für Marie mitgab, das genau die Zauberstifte enthielt, die sich Tanjas Tochter schon so lange gewünscht hatte. Auch die Karten für ein Musical, das, wie man Tanja telefonisch mitgeteilt hatte, völlig ausgebucht war, gehörten zu den Überraschungsgeschenken. Eine Einladung in einen Kinofilm, den Tanja gerne sehen wollte, oder in ein Restaurant, dessen Flyer sie interessant gefunden hatte, gehörte immer mehr zur täglichen Routine von Uwe. Tanja wunderte sich bald nicht mehr über diese Zufälle, die sie sich nicht erklären konnte, sondern ging nur noch davon aus, dass Uwe und sie einfach nur viele gemeinsame Interessen hatten.

Um sicherzugehen, dass Thomas sich nicht mehr bei Tanja melden würde, schickte Markus Zikos im Auftrag von Uwe eine MMS von Tanjas auf Thomas Handy. Sie enthielt ein Foto, das Tanja und Uwe nach entsprechender Bildmanipulation als küssendes Pärchen zeigte. Eine SMS folgte zudem mit dem Inhalt: „Lieber Thomas, ich hoffe, du freust dich mit uns. Ich habe hier mein großes Glück gefunden und werde bald heiraten. Du verstehst sicher, dass ich unter diesen Umständen keinen Kontakt mehr zu dir halten kann. Ich wünsche dir dasselbe Glück und alles Gute für deine Zukunft, Tanja".

Markus Zikos lauerte daraufhin stundenlang am Computer, mit dem er die beiden Handys überwachte, auf eine Antwort von Thomas, die er hätte umgehend löschen müssen, damit Tanja sie nicht liest. Aber es kam keine.

Thomas hatte sich entschieden, nicht zu reagieren. Die MMS von Tanja und das Foto von ihr und dem Direktor als glückliches Pärchen waren wie ein Schlag ins Gesicht für ihn. Ihm wäre jedoch eine kalte Dusche lieber gewesen, denn Thomas konnte nicht verstehen, dass sich eine solch attraktive, herzenswarme Frau mit einem älteren Mann einließ, der gewohnt war, dass sich ihm die Leute in seiner Umgebung unterordneten. Er hatte dabei das Gefühl, dass etwas nicht stimmen könnte. Wenn solche Gedanken jedoch durch Thomas' Kopf blitzten, schüttelte er sich, als könne er sie damit wie eine Fliege vertreiben.

„Hör auf zu fantasieren, Thomas. Tanja hat dir klar geschrieben, dass sie glücklich ist und keinen Kontakt mehr zu dir wünscht. Also akzeptiere dies endlich." Aber obwohl er Tanjas Glück nicht im Wege stehen wollte, erschien es ihm unmöglich, sie zu vergessen.

KAPITEL 12

Tanja schnitt gerade die neuesten Artikel über den Zoo aus den Zeitungen aus, als Uwe sie ansprach: „Tanja, komme bitte mit in mein Büro. Ich möchte etwas mit dir besprechen."

Tanja schoss es wie ein Stromschlag durch die Glieder. Zum einen war sie gerade völlig in Gedanken versunken gewesen. Tanja litt inzwischen unter Heimweh nach ihrer Geburtsstadt Bochum. War es wirklich richtig gewesen, Bochum zu verlassen und vor ihren Erinnerungen zu flüchten? Gäbe es noch Thomas in ihrem Leben, wenn sie der aufkeimenden Freundschaft doch eine Chance gegeben hätte? Aber er hatte den Kontakt sofort abgebrochen, als sie hierher gezogen war. Offensichtlich war ihm die Entfernung zu ihr doch als unüberwindbares Problem erschienen. Oder hatte er es nie wirklich ernst mit ihr gemeint?

Aber auch die Angst, Uwe wolle sie nun loswerden, ließ Tanja zusammenzucken. Was half sie ihm schon viel in seinem Vorzimmer als seine Assistentin: Ein paar Briefe schreiben, Zeitungsartikel abheften, Telefonate weiterverbinden und ihn zu beruflichen Anlässen begleiten? Uwe mochte sie wohl, aber genügte dies, solch eine gut bezahlte Arbeitsstelle zu behalten? Noch befand sie sich in der Probezeit. Nach Bochum zurückzukehren würde sich als nahezu unmöglich erweisen. Sie hatte sowohl den Kinderhortplatz für ihre Tochter als auch ihre preiswerte und dennoch zentral gelegene Wohnung aufgegeben.

Hektisch sprang Tanja auf: „Natürlich komme ich!" Sie stieß dabei an den Schreibtisch und der schwarze Kaffee in ihrer Bürotasse schwappte mit einem Schwung über. Ein Rinnsal der schwarzen Brühe lief langsam geradezu auf die bereits ausgeschnittenen und auf dem Tisch gestapelten Zeitungsartikel zu.

Tanja sah dies, konnte sich aber nicht rühren. Geistesgegenwärtig ergriff Uwe den Stapel und legte ihn auf den vor dieser fließenden Kaffeepfütze sicheren Schrank. „Habe ich dich erschreckt, Tanja? Am besten wischst du erst den Kaffee von deinem Tisch und kommst dann sofort danach zu mir. Obwohl das Kaffeetrinken im Büro gesellschaftlich anerkannt ist, wirken braune Kaffeeflecken doch unprofessionell." Uwe grinste und strich Tanja kurz übers zusammengebundene blonde Haar.

Auch das noch! Nicht nur, dass Tanja sich für ihr Missgeschick schämte. Nun musste sie auch noch länger warten, ehe sie erfuhr, was Uwe so offensichtlich Dringendes mit ihr besprechen wollte.

Als Tanja ein paar Minuten später an die Bürotür ihres Chefs klopfte, hatte sie sich bereits innerlich mit ihrer Kündigung abgefunden. Sie würde dann alles dafür tun, nach Bochum zurückzukehren. Marie fühlte sich hier im Kinderhort zwar auch sehr wohl, aber vermisste ihre gewohnte Umgebung, ihre beste Freundin und ihre Erzieherin im Bochumer Hort zunehmend mehr.

„Tanja, hast du dein Sumpfgebiet auf dem Schreibtisch trocken gelegt?", begrüßte Uwe sie breit grinsend.

„Ja, natürlich", antwortete Tanja verwirrt.

„Setz dich, Tanja. Ich habe eine Bitte an dich. Es wäre mir wichtig, dass du sie mir erfüllst."

Tanja nickte. Es schien ihm wirklich von großer Bedeutung zu sein. Inzwischen war Tanja sogar ein wenig enttäuscht darüber, dass er sie offensichtlich nicht kündigte und sie somit auch nicht wieder nach Bochum ziehen könnte.

„Ein guter Freund aus Studienzeiten hat sechs Karten für den Wiener Opernball und einen Tisch für sechs Personen bestellt. Er und seine Frau haben mich mit Begleitung sowie ein anderes eng befreundetes Ehepaar dazu eingeladen." Uwe machte eine bedeutungsvolle Pause.

„Du willst doch nicht etwa mich...?", Tanja konnte es nicht fassen.

„Doch Tanja. Ich möchte, dass du als meine Begleitung, Freundin, Verlobte oder als was du das auch immer willst, mit mir dorthin kommst."

„Als Verlobte?", Tanja atmete schwer. Sie schien sich verhört zu haben oder irgendetwas an Uwes Bitte falsch verstanden zu haben.

„Sehr gerne auch als das. Dann muss ich dir wohl noch einen teuren Verlobungsring schenken?", lachte Uwe belustigt.

Tanja fragte sich, ob er sie nur aufzog oder es doch tatsächlich ernst meinte. „Danke, das ist nicht erforderlich", beeilte sich Tanja daher zu sagen.

„Dann kann ich meinem Freund sagen, dass wir beide kommen werden? Er wird dann auch für uns ein Zimmer im gleichen Hotel buchen."

Uwe meinte doch sicher „zwei Zimmer", schoss es Tanja durch den Kopf. Sie fühlte sich mit dieser Einladung völlig überfahren. „Aber ich habe kein passendes Kleid für solch einen exklusiven Anlass", merkte Tanja eilig an, als sie in Gedanken ihre Garderobe durchgegangen war.

„Das glaube ich. Solche edle Kleidung benötigt man sonst auch nie. Aber das ist kein Problem. Um das Kleid für dich wird sich die Frau von meinem Freund kümmern. Du hast Größe 36 und Schuhgröße 38, schätze ich!" Uwe organisierte bereits alles. Eine Absage schien er nicht mehr zu akzeptieren.

„Woher weißt du das?" Tanja wunderte sich immer mehr.

„Ich habe ein gutes Augenmaß bei Frauen", scherzte Uwe. Der Detektiv Markus Zikos war bei seinen illegalen Zugriffen auf die Computeraktivitäten von Tanja natürlich längst auf eine ihrer Onlinebestellungen von Kleidung und Schuhen gestoßen. Uwe wurde stets über neue Informationen in Kenntnis gesetzt, wozu auch Onlinebestellungen mit Kleidungsgrößen gehörten.

„Dann hoffe ich mal, dass ich dich bei den hochkarätigen Prominenten und der Presse dort nicht blamieren werde", ergab sich Tanja ihrem Schicksal, wenn auch mit einem sehr unguten Gefühl.

„Der andere Freund von mir, der mit seiner Frau an unserem Tisch sitzen wird, ist der Chefredakteur der örtlichen Zeitung. Du bist ihm schon beim letzten Pressetermin im Zoo vor zehn Tagen begegnet. Er fand dich sehr reizend und ungeheuer fotogen. Bei dem Wiener Opernball wird er seine Fotos auch überregionalen Zeitungen zur Verfügung stellen", klärte sie Uwe auf. Was von ihm in einem väterlich-beruhigenden Ton erzählt worden war, basierte auf Uwes akribischen Plänen, Tanjas mögliche Bewerber von ihr fernzuhalten. Die Bestellung der Eintrittskarten und die Tischreservierung waren von Uwe vorgenommen worden. Ebenso hatte er persönlich den Kontakt zu der örtlichen Bochumer Zeitung hergestellt, die Thomas täglich ins Haus gebracht wurde. Exklusive Fotos vom berühmten Wiener Opernball wurden dort gerne entgegengenommen, zumal ihnen erneut glaubhaft versichert worden war, dass der Fotograf die rechtlichen Aspekte zur Veröffentlichung bereits abgeklärt hatte.

Auch wenn Uwe seine Schilderung beruhigend hatte klingen lassen wollen, erschrak Tanja. „Ich war noch nie fotogen und möchte eigentlich auch nicht auf Pressefotos zu sehen sein." Tanja dachte dabei in erster Linie an Thomas. Auch wenn er sie von einem zum anderen Tag fallen gelassen und sich nicht mehr bei ihr gemeldet hatte, wollte sie ihm nicht den Eindruck vermitteln, sie hätte ihn aus Liebeskummer gegen einen viel älteren, reichen Mann ausgetauscht. Sie war nicht käuflich und sie hatte sich Uwe nicht aus Liebeskummer zugewendet.

Tanja schluckte plötzlich laut hörbar, als würde ihr eine Erkenntnis den Hals zudrücken. Doch, sie unternahm so viel mit Uwe, weil sie ihrem Kummer und ihrem Einsamkeitsgefühl entfliehen wollte. Und ja, sie ließ es unbedachterweise zu, dass Uwe sie und ihre Tochter mit Geschenken, Aufmerksamkeiten und Vergünstigungen überschüttete. Er hatte ein „Nein, danke!" nie akzeptiert und Tanja wurde erst jetzt klar, dass

Uwe dies bestimmt nicht nur aus reiner Menschenliebe oder aus einem Gefühl der väterlichen Freundschaft zu ihr tat. Hatte er nicht vorhin etwas angedeutet?

„Uwe? Ich glaube, ich müsste vorher noch etwas klarstellen."

„Was denn, Tanja? Es ist doch schon alles geklärt." Uwe wunderte sich, nachdem Tanja bereits zugesagt hatte, seine Einladung anzunehmen.

„Du hattest gesagt, ich könne als deine Freundin, Verlobte oder als was ich immer will mitkommen. Ich habe dein Angebot mit dem Verlobungsring als Scherz angesehen. Meintest du es etwa ernst?"

„Tanja, ich habe gesagt, du kannst in der Funktion und Beziehung zu mir zum Wiener Opernball mitkommen, in der es dir angenehm ist. Diese Aussage meinte ich tatsächlich ernst."

Tanja atmete erleichtert auf. Dann hatte Uwe das nur gesagt, damit sie sich wohl und nicht ausgenutzt fühlte. „Dann komme ich als deine kollegiale Freundin mit."

Uwe verkniff sich die Enttäuschung im Gesicht. Er hatte gedacht, die gutgläubige Tanja schon mehr an sich gebunden zu haben.

Nun ja, mit Geduld und Raffinesse würde er sie bald dort haben, wo er wollte. Zur Not würde sein skrupelloser Detektiv schon nachhelfen und verhindern, dass ein anderer sie ihm wegschnappte. Siegessicher antwortete er daher: „Sehr gerne auch das, Tanja. Dann kaufen wir den Verlobungsring erst später." Uwe zwinkerte ihr scherzhaft zu.

KAPITEL 13

Neun Tage vor dem großen Wiener-Opernball-Ereignis holte Tanja am Abend gerade den heißen Nudeltomatenauflauf für Marie und sich aus dem Backofen, als ihr Handy klingelte. Hastig schob sie den Auflauf in den abgeschalteten, aber noch heißen Backofen zurück, streifte sich ihre Backhandschuhe ab und lief zum noch immer aufdringlich klingelnden Handy auf dem Dielenschrank. Ein Blick auf das Display, das die Nummer des Anrufers anzeigte, verriet ihr, dass ihr Exfreund Lars versuchte, Tanja zu erreichen. Ihre Hand schreckte instinktiv zurück, als sie die Nummer erkannt hatte. Was wollte er bloß von ihr? Endlich hatte sich Tanja ein normales Leben ohne Alkohol und mit einer Zukunft für sich und ihre Tochter Marie aufgebaut, da tauchte Lars schon wieder auf.

Ganz vorsichtig ergriff Tanja ihr Handy, als könne sie so einer drohenden Gefahr von ihm entgehen. „Ja, hier ist Tanja Sanders!", meldete sie sich und hoffte irrsinnigerweise, es wäre doch jemand anderes am Ende der rauschenden, drahtlosen Verbindung.

„Hi Tanja. Hier ist Lars. Ich hoffe sehr, es geht dir gut!" Lars' Stimme war ernst und ungewohnt deutlich.

„Ja, mir geht es gut. Ich dachte, du bist noch in der Entzugsklinik. Gibt es dort Probleme?"

„Nein, Tanja, mir geht es auch besser als die letzten Jahre. Ich bin tatsächlich noch immer in der Klinik, habe aber seit der Aufnahme hier keine Drogen mehr genommen oder Alkohol getrunken." Lars räusperte sich. Tanja kannte ihn gut genug, um zu wissen, dass er etwas auf dem Herzen hatte, das er nur ungern ansprach. Lars holte tief Luft: „Ich bin sozusagen clean, wenn man die Psychotabletten, die ich noch immer täglich einnehmen muss, nicht dazu zählt. Aber es geht mir sehr gut, ich bin klar, gefasst und sehr viel ausgeglichener." Lars drehte sich im Kreis, ohne sich dem Punkt seines Anrufes bedeutend zu nähern.

„Du willst mich sehen?", fragte Tanja daher aufs Geratewohl.

„Nein. Doch, natürlich schon. Aber ich weiß auch, wie sehr ich dich mit in meinen Sumpf herunter gezogen habe. Du hast sehr gelitten wegen mir - kann ich mir vorstellen. Ich kann gut verstehen, wenn du mich nicht mehr sehen willst. Es tut mir so leid, Tanja!"

„Ich habe es offensichtlich überlebt", wehrte Tanja kühl ab. „Wirklich schlimm war es dagegen für unsere Tochter Marie, die völlig unverschuldet bei fremden Menschen leben musste. Dafür bin ich jedoch auch zur Hälfte mitverantwortlich. Letztlich hast du mich nie gezwungen, Alkohol zu trinken, Lars." Tanjas Stimme war jetzt belegt. Durch Lars' Anruf kamen gerade die fürchterlichen Erinnerungen an die Zeit hoch, die Marie und sie zu verdrängen versuchten.

„Ich weiß, Tanja!" Lars holte nochmals tief Luft, als würde eine gefüllte Lunge ihm den erforderlichen Mut verleihen können. „Das ist auch der Grund, warum ich mich so gerne persönlich bei Marie entschuldigen möchte. Zukünftig wird sie einen Vater haben, der immer und in allen Dingen für sie da sein wird, wenn und sobald sie es wünscht."

Tanja erschauerte. Diese Worte aus dem Mund des früher ständig lallenden und nur auf sich fixierten Drogenjunkies und Alkoholikers zu hören, erschien ihr unwirklich. Dennoch klang Lars' Angebot sehr ernst. Tanja wusste, dass sie Marie diese Chance auf einen treu sorgenden Vater nicht verbauen durfte.

„In Ordnung, Lars. Ich werde mit Marie darüber reden, dass du sie persönlich sprechen möchtest. Dann melde ich mich wieder bei dir. In dem Fall, dass Marie dich auch sehen will, können wir allerdings nur an einem Wochenende zu dir kommen, da wir weit weg von Bochum wohnen."

„Oh, vielen Dank, Tanja! Du bist eine klasse Frau!" Damit beendete Lars das Telefonat, das ihm spürbar schwergefallen war.

KAPITEL 14

Nach einigem guten Zureden von Tanja willigte Marie ein, ihren Vater zu besuchen. So saßen Tanja und Marie schon am folgenden Samstag im Zug nach Bochum. Als Treffpunkt war das Café in der Klinik vereinbart worden, in dem Lars noch behandelt wurde.

Nach dreieinhalb endlosen Stunden erreichten sie den Bochumer Hauptbahnhof. Glücklicherweise befand sich ihr Hotel direkt gegenüber. So mussten sie nur ihr Gepäck im Hotel abladen, um sich dann in aller Ruhe die Beine zu vertreten. Marie war schon nach einer Stunde in der Bahn unruhig auf ihrem Sitz herumgesprungen. Tanja war ebenfalls nervös, denn sie konnte es kaum abwarten, den Duft und Flair ihrer vertrauten Heimatstadt einzuatmen. Sie hatte Uwes Angebot, sie nach Bochum mit dem Auto zu fahren, nicht angenommen. Tanja wollte die Hilfeleistungen und Zuwendungen von ihm nicht mehr und schaffte es immer häufiger, sich Uwes „Ich dulde keine Widerrede"-Haltung zu widersetzen. Es tat ihr leid, einen guten Freund, wie Uwe, zurückzuweisen zu müssen, aber Tanja konnte und wollte auch in Zukunft keine engere Beziehung zu ihm. Noch fühlte sie sich mit Thomas verbunden, der nach wie vor ihre Gedanken und nächtlichen Träume beherrschte.

Während Tanja mit ihrer Tochter sowie dem Gepäck die breite Verkehrsstraße vor dem Bahnhof zum gegenüberliegenden Hotel überquerte, zog sie tief die typische Bochumer Ruhrgebietsluft ein. Sie roch nach Abgasen, nach Industrie, nach Metall, aber auch nach Heimat, Ruhe, Geborgenheit und nach Thomas. Tanja lachte auf. Thomas hatte nach kühlem Aftershave geduftet, aber doch nicht nach stinkenden Abgasen und Metallen. Aber er gehörte hierher, genau wie sie.

Nachdem sie mit Marie die Hotelzimmerschlüssel in Empfang genommen, den Koffer auf der Kofferablage im gemütlichen Doppelzimmer deponiert und sich frisch gemacht hatte, verließen sie wieder das Hotel. Nicht nur Tanjas Augen strahlten, sondern auch Maries', als sie die ihnen bekannten, teilweise verkehrsberuhigten Straßen und Gassen in der Bochumer Innenstadt abliefen.

„Mama, da vorne gab es immer einen Imbiss, der hatte so tolle Kinderteller." Erwartungsvoll blickte Tanjas Tochter sie an.

„Die gebratenen Hähnchenflügel waren dort auch besonders köstlich", erinnerte sich Tanja ebenfalls. „Zu diesem Imbiss gehen wir jetzt!" Beide freuten sich sehr, als sie sahen, dass der Imbiss und seine Angebote sich zwischenzeitlich nicht verändert hatten.

„Mama, es kommt mir vor, als wäre es so lange her, dass wir das letzte Mal hier waren."

„Ja, Marie, mir auch. Dabei sind gerade mal drei Monate seit unserem Umzug vergangen."

Als sie gesättigt und zufrieden den Imbiss verließen, meinte Tanja zu ihrer Tochter: „Morgen Nachmittag besuchen wir deinen Vater in der Klinik. Willst du ihm nicht von der großen Bahnhofsbücherei sein Lieblingsfußballmagazin mitbringen?"

„Au, ja!", rief Marie erfreut.

Wieder überquerten sie die breite Verkehrsstraße vor dem Bahnhof. Die Bücherei im Bahnhof war sehr groß, aber dennoch gut überschaubar. Dort gab es eine riesige Auswahl von Zeitschriften für jedes Hobby, jedes Interesse und jeden Geschmack. Tanja hatte schon früher stundenlang darin stöbern können und wusste daher genau, wo sich die Zeitschriften rund um das Thema Fußball befanden. Aber Marie blieb auf dem Weg bei den Ausmalheften hängen. So konnte sich auch Tanja in Ruhe in ihrer Lieblingsecke „Tiere und Zoo" umschauen. Aber genau die Zeitschriften für diesen Themenbereich hatten sie zwischenzeitlich in eine andere Bücherecke umverlegt und Tanja lief suchend durch den großen quadratischen Raum.

Während Tanja umherschauend durch den Raum schlenderte und sich immer wieder interessiert umschaute, entdeckte sie einen Mann im Augenwinkel, der den Blick auf sie gerichtet hatte. Zudem kam er ihr auch bekannt vor.

„Keine Panik! Warum würde der Mann hier jemanden etwas tun wollen? In Bochum hast du seit deiner Geburt gelebt. Natürlich kommen dir hier in deiner Heimatstadt hin und wieder einige Menschen bekannt vor", versuchte sich Tanja zu beruhigen. Das ihr bekannte panische Herzklopfen aus vergangenen Tagen, als sie noch unter alkoholbedingten Verfolgungsängsten litt, ließ sich jedoch nicht beruhigen. Tanja suchte fieberhaft nach Marie, die aufgrund ihrer geringen Größe kaum noch hinter einem niedrigen Kinderbücherregal zu sehen war. Tanja rannte durch die Gänge an den Bücherstapeln und Zeitschriftenregalen zu ihrer Tochter und fasste sie beschützend an der Hand.

„Mama, was ist los?", fragte Marie mit erschrockenen Augen.

„Nichts, ich habe dich nur lieb", versuchte Tanja sie und sich weiterhin zu beruhigen und ihre Angst zu überspielen.

Als sich Tanja jedoch langsam umschaute, stand dieser Mann kaum vier Meter von ihr an einem Bücherstapel und blätterte uninteressiert in einem Kochbuch, wobei sein Gesicht ihnen zugewandt war.

„Marie, schau mal der Mann dort. Kennen wir den nicht?" Dabei zeigte Tanja mit ihrem rechten Zeigefinger genau zu ihm hin.

Der unauffällig in einer grauen Windjacke mit hellblauer Jeans gekleidete Mann bemerkte offensichtlich, dass er aufgefallen war, und starrte umso steifer in das Kochbuch mit der Aufschrift „Fingerfoods für jeden Anlass".

Marie nickte und sprach leise: „Na, klar. Der Mann war doch auch öfter im Zooladen und lief dort nur herum."

Plötzlich erinnerte sich auch Tanja: „Ja, du hast Recht, Marie. Er war auch im Zoorestaurant. Ich glaube, er ist als Detektiv bei Uwe angestellt. Aber was macht er dann hier in Bochum?" Tanja fing erneut an, flach zu atmen. Er überwachte sie und ihre Tochter und ließ ihr keinen Freiraum zum Atmen. War er etwa ein Stalker, der sich in sie verliebt hatte? Was sollte sie jetzt tun?

Ohne eine Fußballzeitung gekauft zu haben, führte Tanja ihre Tochter aus der Bahnhofsbuchhandlung. Sie steuerte geradewegs auf die Taxis zu, die nur ein paar Meter vom Ausgang am Taxistand in einer langen Reihe auf Fahrgäste warteten. Sie liefen auf das erste Taxi zu und Tanja stieß Marie auf den Rücksitz, bevor sie sich neben sie setzte.

„Guten Tag, junge Dame!", begrüßte sie ein älterer Taxifahrer, der sehr freundlich wirkte. „Wohin soll ich Sie fahren?"

Tanja fiel auf Anhieb nur eine Adresse an, bei der sie verantwortungsvollen Schutz suchen konnte: Thomas' Adresse.

KAPITEL 15

Thomas hatte ihr noch seine Anschrift in der ersten Woche der Fernbeziehung zugemailt, bevor er sie weder besucht noch weiter kontaktiert hatte. Tanja wollte Thomas keineswegs bedrängen oder ihm hinterherlaufen. Aber falscher Stolz war hier nicht am richtigen Platz. Sie musste erst einmal für die Sicherheit ihrer Tochter sorgen, bevor sie sich wieder Gedanken um ihren Stolz machen konnte. Tanja hatte eine panische Angst und auch Maries Augen schauten sie jetzt ängstlich an.

„Hier in Bochum: Baumstraße 74 a", entschied sich Tanja für diese Anschrift, die sich so fest in ihr Gehirn eingebrannt hatte. „Es wäre nett, wenn Sie sich beeilen könnten."

„Aber klar doch, junge Frau!" Und tatsächlich drückte der freundliche Taxifahrer auf das Gas und ordnete sich mit viel Erfahrung in das Verkehrschaos auf dem Bochumer Ring ein.

„Mama, der Mann steigt in das nächste Taxi ein", kreischte Marie, die sich nach hinten gedreht hatte.

„Schätzchen, hier sind wir erst einmal in Sicherheit!", beruhigte Tanja ihre Tochter, obwohl auch sie hoffte, das Taxi mit dem Detektiv würde den Anschluss an ihr Taxi im Verkehrsgedränge verlieren. Aber was, wenn nicht? Tanja wusste, dass die Baumstraße eine kleine Einwohnerstraße war, in der sie im schlimmsten Falle mit ihrem Verfolger ohne Passanten schutzlos ausgeliefert war. Zögernd suchte sie in ihrer Handtasche nach ihrem Handy.

Sie hatte sich entschieden, Thomas um Schutz zu bitten. Also müsste sie ihn jetzt auch kontaktieren. Es war im Grunde egal, was er dachte, denn mehr wollte er aus der Bekanntschaft nicht machen. Die Hauptsache war, er würde ihnen jetzt helfen. Tanja nahm ihren ganzen Mut für den Anruf zusammen, auch wenn sie spürte, dass es ihr ganz und gar nicht egal war, was Thomas von ihr dachte.

Endlich hatte sie ihr Mobiltelefon in der Handtasche gefunden, klappte es auf und suchte im Telefonbuch die Handynummer von Thomas heraus. Mit einem Drücken der entsprechenden Anruftaste war die Entscheidung gefallen. Es läutete laut in ihren Ohren. Hoffentlich war er am Samstagmittag auch zu Hause und nicht womöglich einkaufen oder bei einer neuen Freundin. Hoffentlich nahm er das Gespräch auch an, wenn er sah, dass sie es war, die ihn zu erreichen versuchte. Es bimmelte zum fünften Mal. Tanja fing an zu zittern. Es tat ihr mehr weh, dass Thomas sie womöglich nicht sprechen wollte, als dass sie einen anderen Ausweg zum Schutz von ihr und ihrer Tochter suchen musste.

Aber plötzlich wurde der Anruf angenommen und ein atemlos wirkender Thomas meldete sich mit: „Hallo?"

„Thomas, gut, dass ich dich erreiche", brüllte Tanja viel zu laut ins Telefon. Die ganze Anspannung härtete ihre Stimmbänder.

„Tanja, du? Was machst du denn hier in Bochum?"

„Das ist eine lange Geschichte. Wir sind auch nur zwei Tage hier. Ich brauche deine Hilfe", kam Tanja sofort auf den Punkt. Das Taxi näherte sich dem Stadtteil, in dem sich die Baumstraße befand.

„Da gibt es etwas, wobei dir dein wohlhabender Chef nicht helfen kann?" Die Stimme von Thomas klang hart und hatte einen sarkastischen Ton.

Tanja verstand ihn nicht, aber für eine Rückfrage fehlte die Zeit. „Thomas, wir können gleich reden. Aber bitte komme herunter und warte vor deinem Haus auf mich. Wir sind gleich mit dem Taxi da. Ein Mann verfolgt mich und ich möchte ihm nicht alleine gegenübertreten."

„Ihr bekommt das nicht alleine hin?"

„Thomas, nicht jetzt. Wartest du unten auf uns?"

„Ich bin sofort draußen." Thomas legte auf.

Thomas' Stimme hatte Tanjas Gefühle vollends durcheinandergewirbelt. Die Panik vermischt mit der Nähe, dem Vertrauen und seiner Männlichkeit lösten ein Feuerwerk in ihr aus, was ihr körperlich regelrechte Schmerzen verursachte.

Sie bogen in die Baumstraße ein und Tanja sah, dass das weiße Taxi mit dem Stalker sie immer noch verfolgte. Schon von der Ferne sah sie Thomas, der lässig an der Häuserwand angelehnt auf sie wartete. Trotz der panischen Angst vor ihrem Verfolger nahm Tanja die Anziehungskraft von Thomas wahr.

„Bitte halten Sie dort, wo der Herr steht", bat Tanja.

„Das ist ja Thomas!", schrie Marie begeistert.

Als das Taxi vor ihm hielt, machte er jedoch keine Anstalten, auf sie zuzukommen. Tanja bezahlte, gab dem entgegenkommenden Taxifahrer ein großzügiges Trinkgeld und stieg mit ihrer Tochter aus. Irgendwo hinter ihr knallte ebenfalls eine Autotür. Allerdings hatte das Taxi wohl hinter der letzten Ecke in einer Seitenstraße geparkt, um nicht gesehen zu werden. Marie drehte sich ruckartig zu dem Knall um und Thomas rannte bereits gegenwärtig in die Richtung des zweiten Taxis. Tanja hatte keine Angst mehr. Thomas' gestählter, gut durchtrainierter Körper, seine Sportlichkeit und seine Attraktivität hatten ihre Aufmerksamkeit vollständig gefesselt. Sie wusste, dass er ihren Verfolger schnappen würde. Hier bei ihm war sie sicher. Aber es würde nicht von Dauer sein können, denn er wollte Tanja nicht. Thomas hatte die Beziehung, nein, die aufkeimende Freundschaft zwischen ihnen beendet, als sie ihre entfernte Arbeitsstelle angetreten hatte. Eine tiefe Traurigkeit durchflutete sie.

Thomas kam wieder und hielt ein Portemonnaie in die Höhe. Was sollte das? Was war geschehen?

Als er sie schnellen Schrittes erreicht hatte, streichelte er Marie liebevoll über den Kopf und sagte zu Tanja: „Du hattest Recht. Ich habe hier sein Portemonnaie mit seinem Personalausweis und Visitenkarten aus seiner hinteren Hosentasche gezogen. Er heißt Markus Zikos. Als ich drohte, die Polizei zu verständigen, hat er gestanden, dich im Auftrage von seinem Chef verfolgt zu haben. Er sollte dich überwachen und seinem Chef regelmäßig Bericht erstatten, was du hier so treibst. Ich habe ihm gesagt, er könne morgen früh um 9:00 Uhr hier sein Portemonnaie wieder abholen. Bis dahin entscheidest du, was du mit diesem Mann machen willst oder ob du von einer Anzeige absiehst."

„Vielen Dank, Thomas. Aber wer ist denn sein Chef? Ich verstehe das nicht?"

„Wer sein Chef ist, hat er nicht gesagt. Du kannst ihn morgen früh danach fragen, wenn du willst. Dann gebe ich ihm seine Papiere mitsamt seinem Portemonnaie wieder zurück, falls du ihn nicht vorher anzeigst. Meine Arbeit ist jetzt hier getan. Macht's gut ihr zwei!", damit drückte Thomas Marie kurz an sich und verschwand im Hauseingang. Tanja konnte es nicht fassen. Das war typisch für Thomas. Er zeigte ein großes, aufrichtiges Herz und verschwand dann einfach von einem auf den anderen Moment aus ihrem Leben. Sie überlegte einen Moment, ob sie ihm hinterherlaufen wollte, aber ließ es dann. Es hatte keinen Sinn. Sie sollte froh sein, dass er ihnen geholfen hatte und Thomas ansonsten aus ihrem Leben streichen.

„Warum ist Thomas schon gegangen?", fragte Marie mit hörbarer Enttäuschung in ihrer Stimme.

„Ach, Marie. Ich glaube, er möchte eine Familie mit eigenen Kindern gründen. Vermutlich versucht er, nicht zu viel Zeit mit uns zu verbringen, damit er sich nicht zu sehr an uns gewöhnt", wollte Tanja ihre Tochter möglichst schonend erklären, dass Thomas kein Interesse an ihnen hatte.

„Ich dachte immer, er hätte uns lieb", wunderte sich Marie und stöhnte auf. „Aber Mama, das macht nichts. Wir haben uns beide so lieb, das reicht."

Tanja drückte Marie ganz fest an sich. Die Liebe von Marie tat ihr gut. Aber die kühle Ablehnung von Thomas schmerzte dennoch sehr.

KAPITEL 16

Am nächsten Morgen um kurz vor 9:00 Uhr erreichte Tanja mit ihrer Tochter erneut die Baumstraße. Sie hatte keine Möglichkeit gefunden, Marie irgendwo sicher unterzubringen und musste sie daher mitnehmen, um den Verfolger nach dem Auftraggeber zu fragen. Als Thomas kurz vor neun Uhr aus der Haustür kam und in seiner linken Hand das Portemonnaie mit den Ausweispapieren des Verfolgers hielt, ging Tanja schweren Herzens, aber zielsicher auf ihn zu.

„Hi Tanja, guten Morgen Marie, hast du es dir anders überlegt? Willst du deinen Stalker anzeigen?" Die Stimme war genauso kalt wie am Vortage.

„Nein, das würde nichts bringen. Aber ich möchte herausbekommen, wer sein Auftraggeber ist", erklärte Tanja ebenfalls kühl.

„In Ordnung. Dann bekommt er seine Papiere erst zurück, wenn er den Namen seines Chefs gesagt hat", antwortete Thomas kurz. Tanja wunderte sich immer noch über sein gegensätzliches Verhalten. Er war eiskalt zu ihr, völlig uninteressiert an jeglichem persönlichen Kontakt, aber schützte sie tatkräftig vor einem Verbrecher. Vermutlich fühlte er sich als Mann, wenn er einer Frau half, oder er fand, dass die Unterstützung eines Menschen in Not etwas Edles und Ritterliches war. Tanja vermutete inzwischen, dass nur solche Gründe hinter seiner sofortigen Hilfsbereitschaft standen.

Ein paar Minuten später kam ein zweites weißes Taxi mit dem Detektiv, der sie gestern verfolgt hatte. Als er die Fahrt bezahlt und das Taxi weggefahren war, sprach er sie ohne einen höflichen Gruß an.

„Was macht ihr jetzt mit meinen Ausweispapieren und meinem Portemonnaie? Zum Glück hatte ich noch Geld in meiner Jackentasche, sonst hätte ich noch nicht einmal heute das Taxi bis hierher bezahlen können", beschwerte sich der Mann lautstark.

„Sie haben zwei Möglichkeiten", kam Thomas sofort auf den Punkt, „entweder Sie erzählen uns, wer Sie beauftragt hat, die Frau dort zu stalken, oder ich werde Sie höchstpersönlich und sofort bei der Polizei anzeigen. Ich bin Zeuge Ihrer Verfolgung und ich denke das Taxiunternehmen, mit dem Sie gestern hier ankamen, wird dies auch bestätigen können. Also, was soll ich tun?"

Markus Zikos bekam es jetzt mit der Angst zu tun. Thomas hatte gestern sehr uninteressiert gewirkt und Markus hatte sich daher eingeredet, sein Portemonnaie von ihm heute problemlos wieder zu bekommen. Inzwischen hatte Markus Zikos im Internet recherchiert und wusste daher, dass es Thomas Brigast war, den Tanja erfolgreich um Hilfe gebeten hatte. Aber Markus war davon ausgegangen, dass Thomas nie wieder etwas von Tanja würde wissen wollen. Schließlich hatte er selbst in der Vergangenheit dafür gesorgt, dass sich Thomas von Tanja zurückgewiesen fühlen musste. Markus war klar, dass eine Anzeige bei der Polizei, die vermutlich irgendwann auf seine erneuten Hackertätigkeiten stoßen würde, ihn direkt wieder ins Gefängnis bringen würde.

„Bitte, keine Anzeige. Mein Auftraggeber ist skrupellos, mächtig und einflussreich. Wenn ich die Frau dort nicht mehr überwachen kann, wird es ein anderer tun", bettelte Markus.

„Für wen spionieren Sie Tanja aus und aus welchem Grund?" Thomas' Stimme wurde langsam bedrohlich.

„Wir kennen Sie doch", mischte sich nun Tanja ein. „Ich habe Sie häufiger in dem Zoorestaurant und im Zoogeschäft gesehen!"

„Wenn ich Ihnen mehr sagen soll, müssen Sie mir aber vorher versprechen, mich nicht bei meinem Chef zu verraten. Ich weiß nicht, was er dann mit mir machen wird."

„Warum sollte ich Ihnen irgendetwas versprechen? Entweder jetzt oder im Polizeirevier werden Sie ihn schon nennen müssen", antwortete Thomas und nahm ruhig sein Handy aus der Hosentasche.

„Warten Sie", rief Markus in fast panikartiger Aufregung. „Es ist Uwe Neubeck, der Direktor des Zoos, in dem auch Tanja Sanders arbeitet."

Tanja und Thomas starrten Markus an.

Leise fragte Tanja: „Warum sollte er so was denn tun? Warum sollte er mich überwachen lassen? Wir haben so ein gutes Verhältnis zueinander, dass ich niemals irgendetwas bekannt geben würde, was ihm oder dem Zoo schadet."

„Spar dir deine Liebeserklärung. Offensichtlich traut er dir nicht so ganz, Tanja!", knurrte Thomas unwirsch. „So, nun das Motiv. Warum lässt er sie ausspionieren?"

Unruhig trat Markus von einem Fuß zum anderen. Er war in einer fürchterlichen Zwickmühle. Wenn er das Motiv ausplauderte, müsste er untertauchen. Uwe

Neubeck würde ihn suchen und er hatte extrem gute Kontakte. Wenn er es nicht angab, könnte Thomas Brigast ihn an die Polizei verpfeifen. Eine schnelle Lösung musste her.

„Der Grund", antwortete Markus langsam, „warum er Tanja Sanders überwachen ließ, war die Sorge um sie."

„Sorge?", rief Tanja laut auf. „Warum?"

„Er wusste, dass Sie sich hier mit dem Vater Ihre Tochter treffen wollten, und hatten sein Angebot, Sie zu begleiten, abgelehnt. Ihr Ex-Freund war drogenabhängig und hat Sie damals ebenfalls in die Alkoholsucht getrieben, wie Uwe Neubeck mir erzählte. Daher wollte er, dass ich auf Sie und Ihre kleine, süße Tochter aufpasse und ihm Bericht erstatte, ob es Ihnen gut geht!" Markus versuchte schuldbewusst auszusehen, lachte sich aber innerlich ins Fäustchen. Er hatte nichts verraten, die Freundschaft zwischen seinem Auftraggeber und dieser Frau in keiner Weise zerstört und Thomas Brigast dadurch noch weiter von Tanja weggedrängt.

„Reicht dir das, Tanja?", fragte Thomas, während er Markus schon sein Portemonnaie hinhielt.

„Ja, danke!" Tanja war wieder verwirrt. Hatte Uwe nun doch romantische Gefühle für sie oder war es eine väterlich-freundschaftliche Besorgnis? Tanja sah, wie Markus blitzschnell sein Portemonnaie aus Thomas' Hand schnappte und wegrannte. „So, Thomas. Ich danke dir nochmal für deine Hilfe. Wenn dir Kosten entstanden sind, erstatte ich dir die natürlich."

Thomas schüttelte stumm den Kopf.

KAPITEL 17

„Gut", sprach Tanja schnell weiter, denn sie wollte nicht wieder ihre Gefühle hochkommen lassen. „Dann mach's gut. Komm, Marie!" Tanja winkte ihrer Tochter zu und wollte gehen, aber Marie, die durch die Krankheiten ihrer Eltern ernster war als die meisten anderen Gleichaltrigen, widersetzte sich: „Nein, Mama. Ich verstehe das nicht. Thomas war so lieb zu mir und dir das letzte Mal. Was ist plötzlich los?"

Sie wandte sich Thomas zu. „Hast du uns denn gar nicht mehr ein wenig lieb?" Thomas' Gesicht zeigte plötzlich eine Regung. „Ja, ich habe dich immer noch sehr, sehr lieb und wünsche mir auch eine solche Tochter, wie du es bist."

„Und hast du Mama auch noch lieb?", fragte Marie.

Thomas schaute Tanja an, die am liebsten in den Boden versunken wäre. Tanja schaltete sich ein: „Wir mögen uns alle noch sehr. Aber nun wohnen wir weit, weit weg und Thomas hat keine Zeit. Wir müssen gleich auch deinen Vater besuchen."

„Der wartet auch länger auf uns", beharrte Marie. „Redet doch wenigstens mal miteinander."

Thomas lachte auf und schaute Tanja an: „Kontaktverbot vorerst aufgehoben?"

„Ja, klar. Wieso Kontaktverbot?" Tanja begriff es nicht.

„Du hast mich doch gebeten, keinen Kontakt mehr mit dir zu halten", wunderte sich Thomas.

„Wann habe ich das denn? Wir haben uns doch gar nicht mehr gesehen, seit ich umgezogen bin."

„Ich dich schon. Am zweiten Wochenende habe ich dich mit dem älteren Mann, vermutlich deinem Chef, vor deiner Haustür gesehen. Ihr habt euch gerade verabschiedet."

„Er hatte uns nach Hause gefahren", erinnerte sich Tanja. „Aber warum bist du dann nicht zu mir gekommen, wenn du schon dort warst?"

„Ich wollte dir nicht im Wege stehen", antwortete Thomas kurz. Sein Ton war schon wieder kalt geworden.

„Wieso stören? Ich hatte dich erwartet."

„Das sah aber gar nicht danach aus. Oder bekommt jetzt jeder, der dich nach Hause fährt, einen Kuss?"

„Nein, natürlich nicht. Der Kuss hatte gar nichts zu bedeuten und blieb auch einmalig."

„Tatsächlich? Anscheinend schaffst du es, uns Männer alle um den Finger zu wickeln." Thomas' Stimme war lauter geworden. Aber dann winkte er einfach ab. „Mich geht es im Grunde aber auch nichts an. Es ist deine und seine Sache."

Tanja wurde wütend. „Genau, es ist nur meine Sache. Du willst mit einer Frau eine Familie gründen und ich habe dich doch auch gehen lassen. Entschuldige, dass ich dich gestern um Hilfe bat, es kommt nicht mehr vor. Uwe hat sich auch nicht in mein Leben einzumischen, so fürsorglich er es vielleicht auch gemeint hat. Ich bin eine alleinstehende Mutter und möchte das vorerst auch bleiben."

Sie nahm Marie an die Hand und drehte sich weg, um zu gehen.

„Von Wegen in Ruhe gelassen. Du musstest mir doch noch schreiben, wie glücklich du mit deinem Freund bist. Aber dann ist es doch mit deinem Uwe anscheinend nicht so gut gelaufen, wie du es mir geschrieben hattest?", mutmaßte Thomas mit unüberhörbarem Spott in seiner Stimme.

Langsam drehte sich Tanja um: „Ich habe dir nie irgendetwas geschrieben. Ich war und bin nie mit jemand anderem nach der Nacht mit dir zusammen gewesen."

„Erzähl du mir ruhig noch mehr Lügen. Ich habe doch die Zeitungsausschnitte gesehen mit den Fotos und dem Headliner „Bochumer Tierpflegerin findet ihr berufliches und privates Glück in der Ferne". Das zeigte mir etwas völlig anderes."

„Mir ist nichts von solchen Zeitungsartikeln bekannt. Natürlich wurde ich ein paar Mal mit Uwe fotografiert, da ich als Referentin für Öffentlichkeitsarbeit mit ihm zusammen einige Veranstaltungen rund um seinen Zoo besucht und organisiert habe. Die Presse war immer eingeladen und hat uns fotografiert. Aber das war rein beruflich." Tanja konnte es nicht fassen, was Thomas ihr soeben erzählt hatte.

„Nur berufliche Veranstaltungen rund um den Zoo? Was macht ihr dann zusammen in einem Freizeitpark? Hör auf mich anzulügen, Tanja."

„Mama lügt nie", mischte sich Marie wütend ein. „Der Zoodirektor war immer sehr lieb zu ihr, aber er hat alle seine Leute im Zoo lieb. Die müssen sich nicht mit „Sie" und „Frau" oder „Mann" anreden und Mama arbeitet in seinem Vorzimmer. Uwe war nie über Nacht bei uns, auch wenn wir mal zusammen gegessen oder was unternommen haben. Mama hat dich lieber."

Tanja wurde rot, nachdem Marie ihr Privatleben und ihre Gefühle in ihrer Wut herausposaunt hatte.

„Warum gibt es dann diese MMS von dir und die Zeitungsartikel, die dich deutlich als Freundin des Zoodirektors deklarieren?"

Tanja setzte sich erschöpft auf die Treppenstufen, die zum Hauseingang von Thomas führten. „Ich würde gerne die Zeitungsausschnitte sehen und die MMS, die ich dir angeblich geschrieben haben soll. Hast du sie noch?"

Thomas nickte. „Ja, die habe ich hier zu Hause. Marie, ich habe eine tolle Idee. Meine Schwester wohnt direkt hier gegenüber. Sie hat einen Sohn, der ist in etwa in deinem Alter. Würde es dir Spaß machen, mit ihm mal ein oder zwei Stündchen zu spielen? Der junge heißt Marco und hatte erst kürzlich Geburtstag und eine tolle Spielekonsole geschenkt bekommen. Ich spreche so lange mit deiner Mama. Möchtest du das, Marie?" Ihre Augen strahlten bereits vor Begeisterung und sie hüpfte aufgeregt von einem zum anderen Bein.

„Wenn du nichts dagegen hast, bringe ich Marie eben zu meiner Schwester. Sie wohnt direkt da drüben in dem grauen Haus. Ich habe häufig ihren Sohn gehalten, wenn sie mal etwas mit ihrem Mann unternehmen wollte", erklärte er Tanja, die noch immer auf den Stufen sitzend nickte. Der Termin mit dem Vater von Marie war erst ungefähr drei Stunden später.

KAPITEL 18

Zehn Minuten später kam Thomas aus dem gegenüberliegenden Haus und steuerte geradewegs auf Tanja zu. Er war ernst. Ohne ein Wort gingen sie in seine Wohnung. Hätte Tanja nicht unbedingt sehen wollen, was über sie und Uwe in der Zeitung gestanden und welche Nachricht sie Thomas angeblich geschrieben hatte, hätte sie lieber die Flucht ergriffen. Es war offensichtlich für sie, dass Thomas sie nur ungern in seine Wohnung mitnahm und sich durch das hartnäckige Verhalten ihrer Tochter genötigt fühlte.

Thomas ging vorweg und schloss seine Wohnungstür auf. Dann bat er Tanja höflich den Vortritt an. Sie murmelte ein „Dankeschön" und ging hinein. Sie war noch nie vorher in seiner Wohnung gewesen, denn sie hatten sich vor ihrem Umzug nicht lange gekannt. Tanja hatte gedacht, Thomas' Wohnung wäre ein wenig chaotisch, rein praktisch und vielleicht sogar etwas spartanisch eingerichtet. Als sie jedoch seine kleine Diele betrat, wusste sie, dass sie sich in diesem Punkt geirrt hatte.

Als Thomas das Licht in der fensterlosen Diele angeschaltet hatte, schaute Tanja direkt in einen spielerisch goldverschnörkelten Spiegel im Jugendstil. Die Garderobe und der kleine Schuhschrank waren in dunklem Holz gehalten und mit schwarzen Leisten abgesetzt. Die schlichte Halogenleiste direkt an der Decke wirkte sehr trendig und gab diesem konservativ eingerichteten Raum eine moderne Note.

Thomas führte Tanja in sein Wohnzimmer und sagte: „Nimm ruhig Platz irgendwo, Tanja. Ich hole die Zeitungsausschnitte und drucke eben noch deine MMS aus, an die du dich anscheinend nicht mehr erinnerst." Er drehte sich jedoch noch einmal kurz um. „Willst du etwas zu trinken?", fragte er höflich.

„Nein, danke, Thomas." Tanja war von der Einrichtung des Wohnzimmers begeistert. Eine schwarze Ledercouch mit passenden Sesseln lud zum Hinsetzen und Es-sich-Gemütlichmachen ein. Der kleine gläserne Couchtisch wies weder ein Staubkörnchen noch einen Fingerabdruck auf. Der ganze Raum war mit Laminat ausgelegt und an der Ecke befand sich ein schwarzer großer Schreibtisch, mit einem Computertisch und einem dunklen Aktenregal daneben. Tanja erinnerte sich daran, dass Thomas diesen Arbeitsbereich als Lehrer benötigte, wunderte sich dann aber sofort über die pedantische Ordnung auf diesem Schreibtisch. Auf der rechten Seite lag ein Stapel von Heften, links eine große Tasse und in einem Stifteköcher befanden sich rote sowie schwarze Stifte und Bleistifte.

Thomas setzte sich sehr sportlich auf seinen schwarzen, ebenfalls ledernen Bürostuhl und drückte den Knopf seines Computers an. Er saß mit dem Rücken zu ihr am Schreibtisch, sodass Tanja ihn beobachten konnte. Tanja wurde warm ums Herz. Sie liebte und begehrte ihn noch immer, obwohl er so kalt gewesen war. Sie musste sich damit abfinden, dass sie beide nicht zusammenkommen würden. Gerade dachte Tanja darüber nach, dass es vielleicht doch ein Fehler gewesen war, ihn um die Unterlagen zu bitten, als sie hörte, dass der Drucker unter dem Computer anfing, seine Arbeit zu tun. Ohne zu suchen, holte Thomas gleichzeitig ein paar Zeitungspapiere aus einer seiner Schreibtischschubladen.

Tanja wunderte sich immer mehr. Thomas hatte sich stets so unklar verhalten, so spontan und nahezu ungeplant. Wie konnte er mit solch einer Lebensweise seine Wohnung und seine Papiere so geordnet und sauber halten?

Thomas kam mit dem Computerausdruck sowie den Zeitungsartikeln zu ihr und warf sie auf den Glastisch. Er setzte sich auf den einzelnen Ledersessel. „Schau dir das an, Tanja. Ich kann nicht recht glauben, dass das alles aus deinem Gedächtnis verschwunden ist."

Ohne Thomas eine Antwort zu geben las sie die Artikel, schaute sich die Fotos an und nahm dann vorsichtig den Computerausdruck. Sie erstarrte, als sie las, was sie Thomas angeblich geschrieben haben sollte. Sie hatte in dieser MMS darum gebeten, dass er sie in Ruhe ließ, da sie jetzt glücklich verlobt sei? Es war ihre Handynummer. Es war ihr Handy, von dem die MMS geschrieben worden war. Es war zu grotesk und wirkte doch real. Könnte es sein, dass Tanja zu dem Zeitpunkt, als sie diese MMS geschrieben haben soll, wieder Alkohol getrunken und dies alles verdrängt hatte? Nein, es musste eine andere Erklärung geben.

Tanja holte tief Luft. „Thomas, ich verstehe dich und deinen Ärger. Aber ich kann dir nur versichern, dass ich diese MMS niemals geschrieben habe. Die Fotos in den Zeitungsartikeln wurden tatsächlich geschossen. Und ja, ich war mit Uwe im Freizeitpark, aber er legt großen Wert auf einen guten Kontakt zwischen den Mitarbeitern und auch zu dem Vorgesetzten. Er ist ein freundschaftlich-kollegialer Mensch. Ich war nie an einer romantischen Beziehung mit ihm interessiert."

Tanja schaute in Thomas' Augen und sah plötzlich Wärme darin. Genau die Wärme, die er in der einen gemeinsam Nacht auch ausgestrahlt hatte. Thomas stand langsam auf und ging auf Tanja zu, während er ihr in die Augen schaute. Tanjas Herz klopfte voll freudiger Erwartung. Es klopfte offensichtlich bis zu ihrem Bein, denn dort vibrierte es ebenfalls. Thomas blieb plötzlich stehen und meinte: „Tanja, dein Handy vibriert. Dich ruft jemand an."

Enttäuscht holte sie ihr Mobiltelefon aus der Hosentasche und meldete sich: „Sanders hier?"

„Einen wunderschönen guten Tag, Tanja!" Uwes dunkle Stimme war so laut hörbar, dass Thomas sich abrupt umdrehte und ging.

„Was willst du, Uwe?"

„Mein Detektiv, den ich dir zum Schutz mitgeschickt habe, hat mir gesagt, dass du ihn fortgeschickt hast. Tanja, in deiner alten Heimat hast du einige schlechte Erfahrungen gemacht. Mir wäre daher lieber, ich wüsste, wo du bist oder würdest jemanden zum Schutz mitnehmen, wie Markus Zikos. Er ist ein sehr fähiger Mann in seinem Beruf."

„So fähig, dass ich panische Angst vor ihm bekommen habe", ergänzte Tanja mit kalter Stimme. „Uwe, du bist mein Arbeitgeber, aber es geht zu weit, wenn du mir ohne mein Wissen einen Detektiv hinterherschickst."

„Tanja, sei vernünftig!", reagierte Uwe unbeeindruckt. „Du triffst dich mit dem Vater deiner Tochter, der wegen Drogenmissbrauchs und Alkohol in einer Entzugsklinik ist. Glaubst du, das wäre ein guter und vor allem sicherer Umgang für deine Tochter?"

Tanja zuckte zurück. Sie hatte Uwe erzählt, ein Freund in Bochum bräuchte ihre Hilfe, aber sie hatte ihn über den Besuch von Maries Vater nicht in Kenntnis gesetzt. Lars war Bestandteil ihres Lebens vor der Arbeit in Uwes Zoo gewesen und gehörte zu ihrem und Maries Privatleben. Woher wusste er das also?

„Woher weißt du, dass ich den Vater von Marie besuchen würde? Davon habe ich dir nichts erzählt." Tanja war einerseits gespannt, wie Uwe dies herausbekommen hatte. Andererseits fürchtete sie sich jedoch auch vor der Antwort.

Uwe blieb weiterhin nüchtern und dominant: „Ich habe dir doch gesagt, Markus Zikos ist ein hervorragender Detektiv. Er hat mir auch gesagt, dass du deinen ehemaligen Freund um Hilfe gebeten hast, wovon ich dir abraten würde. Du kennst ihn noch nicht lange und er schien nicht besonders viel Interesse an dir zu haben. Sonst hätte er dich doch hier in deinem neuen Zuhause mal besucht?" Nun fing Uwe an, Tanja beeinflussen zu wollen.

„Du irrst dich, Uwe. Er hat mich besucht, als ich gerade nicht zu Hause war. Uwe, ich bin gerade bei ihm und möchte mich mit ihm in Ruhe unterhalten. Ich melde mich später bei dir!" Tanja legte auf, ohne eine Antwort abzuwarten. Sie wollte Uwe weder unüberlegt aburteilen, noch sich die angenehme und ebenso dringend benötigte Arbeitsstelle zerstören. Jedoch in ihrem Inneren warnte sie etwas davor, Uwe zu vertrauen.

KAPITEL 19

Als Tanja aufschaute, sah sie Thomas, der neben ihr stand, geradewegs in die Augen.

„Ich wollte erst das Zimmer verlassen, als ich hörte, dass dein Uwe am Telefon war. Jedoch irgendwie geht mich diese Angelegenheit inzwischen auch etwas an und daher habe ich mitgehört. Seine Stimme ist so laut, dass ich jedes Wort verstanden habe." Thomas lehnte sich lässig an den Türrahmen neben dem Sofa, auf dem Tanja saß. „Aber mich wundert, was er alles über dich weiß. Hast du deinem Chef so viel über dich und dein Leben erzählt?"

„Nein, ich begreife auch nicht, woher er das alles weiß!" Tanja schien fassungslos.

„Na, dann müssen wir das wohl klären. Ich habe dem Detektiv zwar seine Unterlagen zurückgegeben, mir aber vorher noch seinen Namen und die Anschrift aufgeschrieben. Er hatte sogar Visitenkarten mit seiner Handynummer im Portemonnaie." Thomas lachte auf. „Das kommt uns sehr gelegen. Ich rufe ihn sofort an und möchte dann die Wahrheit von ihm hören."

„Thomas warte!" Aber er war fest entschlossen, diese Angelegenheit hier und jetzt zu klären.

Thomas zog eine kleine Visitenkarte aus der Schreibtischschublade, ergriff sein Mobiltelefon vom Schreibtisch und wählte eine Nummer.

„Ist dort Markus Zikos? Hier ist Thomas Brigast, von dem sie sich heute ihr Portemonnaie wiedergeholt haben. Wie Sie sehen, weiß ich, wer Sie sind und habe den Eindruck, die Polizei wäre an ihrer Vorgehensweise und dem Ausspionieren sehr interessiert. Mir geht es nicht um Bestrafung, sondern um die Wahrheit. Ihr Auftraggeber weiß Dinge über Tanja Sanders, die sie ihm nie erzählt hat. Zudem ist eine MMS von Tanja Sanders Handy hier angekommen, die Tanja nicht geschrieben hat. Wenn Sie mir nicht erzählen, wie das alles zu erklären ist, werde ich Sie anzeigen. Und das tue ich auch, wenn Sie jetzt einfach auflegen sollten."

Markus Zikos schien nicht aufzulegen. Tanja konnte jedoch nicht hören, ob und was er erzählte. Sie sah nur, dass Thomas' Gesicht dunkelrot anlief. Während er zuhörte, fing er an, im Wohnzimmer hin und her zu laufen. Thomas sagte kein Wort. Er klappte nach endlos erscheinendem Zuhören wortlos sein Handy zu.

„Jetzt muss ich etwas trinken", war sein erster Satz.

„Wir dürfen keinen Alkohol trinken!", ermahnte Tanja.

„Das weiß ich", knurrte Thomas, „Ich habe noch Orangensaft im Kühlschrank. Du wirst auch einen brauchen, wenn ich dir alles erzählt habe."

Tanja nickte stumm. Während Thomas ihr daraufhin erzählte, wie der Detektiv Zugriff auf ihre Telefonate, Bestellung und ihre MMS bekam, die Nachricht in ihrem Namen widerrechtlich verschickte, sie rund um die Uhr überwachte und davon Uwe Neubeck in Kenntnis gesetzt hatte, saß Tanja schweigend daneben. Sie konnte das alles nicht fassen.

Mit „Es scheint so, als hätte dein lieber Uwe uns beide betrogen, manipuliert und auseinandergebracht", beendete Thomas seine Berichterstattung. Seine Stimme war weich geworden und seine blauen Augen strahlten trotz des Zorns, der ihn vorhin noch übermannt hatte.

Thomas stand auf, setzte sich neben Tanja und nahm sie in den Arm. Verlangen machte sich in ihr breit. Sie wollte Thomas nahe sein, jetzt und für immer. Sie roch sein Aftershave, sie fühlte die Vertrautheit und die Sicherheit, die ihn umgab und sie war von seiner Männlichkeit fasziniert. Thomas ließ Tanja los und schaute ihr in die Augen: „Du musst lernen, deinen Gefühlen zu vertrauen, Tanja. Du musst dir glauben, wenn du spürst, dass dich jemand begehrt. Du hast es bei deinem Chef nicht gemerkt und auch mir misstraut. Ich will dich. Ich wollte dich, seit wir uns das erste Mal gesehen haben." Inzwischen war Thomas' Mund nur noch ein paar Zentimeter von ihrem Mund entfernt.

„Aber du wolltest doch eine Familie gründen?", stieß Tanja mit letzter Kraft hervor.

„Ja, du und Marie sind genau die Familie, die ich haben möchte." Ihre Lippen berührten sich und Tanja ließ sich fallen. Seine Lippen waren rau und zärtlich zugleich. Als seine Zunge ihre Lippen um Einlass bat, ging ein Schauer durch Tanjas Körper.

Ungeduldig glitt Thomas' Hand unter ihren Pullover, schob den Träger ihres BHs zur Seite und umfasste ihre linke Brust. Tanja stöhnte auf. Thomas löste seinen Mund von ihrem, nur um ihr den Pullover und BH auszuziehen. Sein Mund fand ein neues Ziel. Er küsste ihren Hals, ihr Dekolletee, ihre Brüste und liebkoste ihre Brustwarzen mit solch einer energischen Sanftheit, dass Tanja schwindelig wurde. Thomas lächelte warm und seine glänzenden Augen verrieten seine tiefen Gefühle für Tanja, während er sich und sie vollständig auszog. Sie gehörten zusammen. Wie hatte sie jemals daran zweifeln können?

Als sie sich erschöpft und eng angekuschelt auf dem schwarzen Ledersofa ein wenig ausruhten, lachte Thomas plötzlich auf: „Nun haben wir das Sofa schon auf seine Belastbarkeit überprüft, jetzt kannst du hier eigentlich auch gleich einziehen!"

Tanja schaute ihn ungläubig an.

„Schau mich nicht so an, Liebes. Du kannst doch nicht ernsthaft wieder mit deinem Uwe zusammenarbeiten? Wenn er hört, dass wir verlobt sind, wird er dir das Leben zur Hölle machen." Thomas zwinkerte Tanja vergnügt an.

„Verlobt? Wir?" Tanja schüttelte sich, als könne sie dann alles besser ordnen.

„Klar. Du kündigst, ziehst hier ein und wir heiraten so schnell wie möglich. Ich als Lehrer kann dafür sorgen, dass Marie wieder einen Platz in ihrem alten Kinderhortplatz bekommt. Du musst nicht mehr unbedingt arbeiten, wenn du nicht willst. Ach ja, der Ring." Nackt, wie Thomas war, stand er auf und zog die unterste Schublade seines Schreibtisches auf. Er zog ein samtenes dunkelblaues Ringkästchen hervor. Vor dem Ledersofa, auf dem Tanja noch lag, kniete sich Thomas hin und klappte das Ringkästchen auf. Darin befand sich ein goldener Ring mit einem ziemlich großen Diamanten.

„Den Ring wollte ich dir eigentlich schon damals geschenkt haben, als ich dich nach deinem Umzug besucht habe. Willst du mich heiraten, liebe Tanja?" Tanja schaute in die bubihaft aufgerissenen, fragenden, blauen Augen. Sie sah den durchtrainierten, attraktiven nackten Körper von Thomas und erinnerte sich an seine aufrichtige Art. Er war der einzig Richtige für sie.

„Ja. Natürlich will ich dich heiraten."